Die Tote von Tammensiel

W0404945

EXLIBRIS

Die Tote von Tammensiel

Edition Warft-Café, Vol. 2

Hauke und Moni Brost

EDITION OCTOPUS

Hauke und Moni Brost, »Die Tote von Tammensiel. Edition Warft-Café, Vol. 2«
© 2014 der vorliegenden Ausgabe: Edition Octopus im Verlagshaus
Monsenstein und Vannerdat OHG Münster. www.edition-octopus.de
© 2014 Hauke und Moni Brost
Alle Rechte vorbehalten
Satz: MV-Verlag
Umschlaggestaltung: MV-Verlag
Druck und Einband: MV-Verlag

ISBN 978-3-95645-138-6

Die riesige rote Laterne hängt überm Horizont und versinkt im Meer wie eine mit Steinen beschwerte Leiche. Zwei vergessene Schafe wie Scherenschnitte vor dieser unglaublich blutroten Kulisse auf dem schon finsteren Deich, reglos, wie gemalt. Nirgendwo ist der Sonnenuntergang so erhaben, so majestätisch-schweigend, so unwirklich und doch real, so zum Abmalen und zum Verschicken postkarten-kitschig wie auf dieser kleinen, verschlafenen, gestrigen Insel im nordfriesischen Wattenmeer, die kaum jemand kennt.

Es ist Ebbe oder, wie man hier sagt, Niedrigwasser. Ähnlich dem öligen Rücken eines riesigen schlafenden Walfisches wölbt sich das Watt, es glänzt und gluckert, es glubscht und blubbert, es liegt scheinbar reglos da und ist doch in Bewegung, wird umgegraben, durchbohrt, gefressen, verdaut und ringelhäufchenbildend ausgeschissen, wieder gefressen, der Kreislauf beginnt von vorn, und ebenso unerbittlich und gleichgültig naht der Gezeitenwechsel, kündigt sich an mit winzigen Blasen, die scheinbar von nirgendwo kommen, die man erst hört und kaum sieht, der ölige Walfischrücken wird feuchter, winzige Rinnsäle scheinen zu spielen wie harmlose Bäche und entwickeln schon bald tödliche Kraft, werden zu Prielen, zu reißenden Strömen, drehen von hier nach dort, schneiden Rückwege ab, leiten Fischschwärme um, lassen unerfahrene Segler verzweifeln und leichtsinnige Wattwanderer um ihr Leben fürchten.

Vom Horizont bis zum steinigen, weit hinaus ins Flachwasser gebauten Wellenbrecher an der Hooger Fähre, wo ein kleiner Krabbenkutter seltsam schief auf der Seite liegt und seinen muschelbesetzten Rumpf zeigt, so als wenn eine alte Hafenhure den Rock hochrutschen lässt und des Freiers Blick auf die rostigen Schenkel lenkt, spiegelt sich die fast ertrunkene Sonne in einem geraden, roten, flimmernden Streifen, der wie mit dem Lineal gezogen das Schlickgrau färbt und in dem sich ein Schwarm von hochbeinigen, rotschnäbeligen, flatternden, streitenden Austernfischern über Muscheln, Würmer und Taschenkrebse hermacht, die das Glück verlassen und die Flut zurückgelassen hat.

Das Watt ist weise. Wer es versteht, begreift das Leben. Schwimme stets mit der Flut und nie gegen an, so könnte die Botschaft lauten, lasse dich treiben, sei wie alle und froh, wenn du es sein darfst. Sonst bleibst du zurück und wirst gefressen, deinen Panzer werden sie knacken, sie werden deine Weichteile picken und das ist kein schönes Ende. Sieh doch die Muschel im Watt. Sie ist nicht mit geschwommen und muss nun elendig verenden.

Oder das Watt hat eine andere Botschaft. Vielleicht ist ja das der Unterschied zwischen Mensch und Muschel, dass dieser wider den Stachel löken darf, ja sogar muss und damit Ehre und Ruhm erringen kann, während jene nichts begriff, ein Wesen zwischen Tier und Pflanze auf niedrigstem Niveau, nur auf Fressen und Kacken bedacht und ohne jede Intelligenz. Dann gälte nicht für Mensch, was für Muschel gilt. Wer weiß schon, was das Watt uns sagen will? Das Watt spricht nicht. Es schweigt.

Die Scherenschnitte auf dem Deich wenden gleichgültig den Blick und sehen hinter sich, über der Alten Kirche, das Grauen. Die Wolkenwand schwarz wie die nahende Nacht. Hier das Rot, dort der Tod. Die Schafe bleiben, sie sind es gewohnt. Dann bricht es herein, das typische Pellwormer Donnerwetter und nur wenige Kilometer entfernt, in Tammensiel, peitscht schon der Regen seine harten Tropfen in die starren geöffneten Augen der toten Fischersfrau, die eben noch im »Nordseeblick« von Dörte beim Treffen der Landfrauen gesessen hat und jetzt auf dem Edeka-Parkplatz hinter dem Unterstand für zurückgelassene Einkaufswagen liegt.

Die Frau ist so tot wie der Pellwormer Tiefwasseranleger nachts um halb eins. Blitze und Donner im Sekundentakt. Pellworm unter Wasser. Kein Mensch mehr unterwegs. Die Sonne ist längst im Horizont ertrunken. Die Spuren sind verwischt.

Es ist eine seltsame Insel. Wo liegt sie? Ostfriesland, Holland, vermuten die einen. Pell… was?, sagen die anderen. Nie gehört. Dabei müsste man sie kennen, diese kleine Insel im nordfriesischen Wattenmeer, jede Möwe kann von hier aus Sylt, Amrum und Föhr mit ihrem scharfen schwarzen Möwenauge sehen, ist nicht weit, alles nahe genug, um den nächsten Möwenschiss über einer der anderen Inseln abzulassen.

Morgens Brötchenreste bei Bäcker Cornilsen auf Pellworm picken, mittags dasselbe bei Gosch in Westerland tun, nachmittags vorm Café Klein Helgoland in Wyk auf Föhr auf Beute lauern und abends das Friesen-Café im Uasterstigh in Nebel auf Amrum belagern ist ein lächerlicher Spazierflug für eine Möwe, und sie tut es. Sie macht dabei keinen Unterschied zwischen den Inseln. Hauptsache satt.

Aber die Möwe irrt. Pellworm ist anders. Ganz anders. Stiller. Friedlicher. Zurückgebliebener. Manche sagen auch: Töter. Pellworm ist so eine Insel, die du entweder nie wieder oder die du immer wieder willst. Du kriegst hier neue Kraft für lange oder du langweilst dich zu Tode. Du denkst, warum bin ich nicht immer hier oder du denkst: Was soll ich hier?

Auf Pellworm weinst du zweimal, sagen die Einheimischen: Das erste Mal, wenn du kommst, und das zweite Mal, wenn du gehen musst.

Die Frage ist, was du von der Nordsee willst. Quietschgelbe Ferraris und faltige Schlachtersfrauen champagnersaufend am Nacktbadestrand oder drei Stunden Wattlaufen ohne eine Menschenseele. Glatzköpfig-geile gröhlende Porschefahrer mit zu jungen Geliebten oder die schaukelnd-besinnliche Kutterfahrt mit den

Hellmanns zur Hallig Hooge. Die Whiskymeile als Laufsteg mit Boutiquen wie auf der Düsseldorfer Kö, dem Hamburger Jungfernstieg, der Frankfurter Zeil oder beschaulich shoppen im Insel-Kaufhaus, wo außer Frischware auch Hämmer, Äxte, Spaten in verschiedenen Größen und die Schrauben noch einzeln zu haben sind. Willst du Action, bist du falsch hier. Willst du zu dir kommen, bist du richtig.

Pellworm hat nichts, hat zum Beispiel keine Touristen-Verwahr-Hochhäuser aus den 70er-Jahren, hat keine Ampel, keinen Kreisverkehr, keine richtige Einkaufsmeile, klappt abends die Bürgersteige hoch, hat aber kaum welche, würde Lichter löschen, wenn es welche gäbe, schläft einfach vor sich hin und ist deshalb die einzige Insel im Wattenmeer, wo man noch zu sich finden kann. Das macht den Reiz für die einen aus und ist der Horror für die anderen. Auf Pellworm findest du, was in dir steckst. Und wenn in dir gar nichts steckst, entdeckst du auf der Insel eben die Leere in dir. Du wirst nie wieder kommen. Weil du davon nichts wissen wolltest.

Manche Paare sprechen nicht mehr miteinander. Nur die Fassade hält sie noch zusammen. Hier auf der Insel lernen sie, miteinander zu sprechen. Oder sie trennen sich nach Pellworm.

Es gibt auch Menschen, die fahren auf Halligen. Vier oder fünf, je nachdem, wie klar die Luft ist, liegen in Sichtweite von Pellworm. Hooge und Langeneß gehören dazu. Halligen sind noch töter als töter als tot. Da ist buchstäblich nichts. Du liest ein Buch, das du besser nie gekauft hättest, du hast einen Vermieter, der nicht sprechen möchte, du hast den Wind, den du bald hassen lernst und du wanderst einmal am Tag um die Hallig herum. Nach zwei Tagen kennst du jede Kuh beim Namen und die Austernfischer, hochbeinig und langschnäblig, muschelnpickend und wattwürmerschlürfend, werden dich respektieren als Teil einer Community, die nur eine Regel kennt: Nähere dich niemals meinen Jungen. Ansonsten tu, was du tun möchtest.

Am besten tust du – nichts. Halligen sind nicht dazu da, dass man irgend etwas auf ihnen tut. Es sei denn, man darf oder muss für immer auf ihnen leben. Und, seltsam: Auf den Halligen und auf Inseln wie Pellworm wünschen sich viele, sie dürften hier leben und die, die hier leben dürfen, die wünschen sich, dass sie nicht hier leben müssten.

Wer weg ist, will hier her. Wer hier ist, will weg. Ganz selten ist das in einem Gleichgewicht. Will man vielleicht immer gerade das, was man nicht hat? Es gibt Leute auf Pellworm, die haben den Inselkoller und flüchten aufs Festland, aber schon die erste Ampelkreuzung und der erste Kreisverkehr und das erste trötende Martinshorn wecken in ihnen die Sehnsucht nach zurück. Andere gehen für immer. Man sieht sie nie wieder und hört auch nichts.

Das Gewitter ist ostwärts gezogen und hängt im Morgengrauen über St. Peter-Ording fest. Pellworm dampft. Hüfthoch stehen die Kälber und Schafe im Frühnebel auf den Weiden hinter der Alten Kirche, an der Nordermühle, am Tilli und an der Straße zum Tiefwasseranleger, wo die schneeweiße Fähre »Pellworm 1« liegt und auf ihre erste Überfahrt zum Festland wartet, das eigentlich auch eine Insel ist, aber eine mit hochwassersicherer Straßenverbindung zum richtigen Festland. Allein die Fahrt von Husum nach Nordstrand zur Abfahrtstelle der »Pellworm 1« auf Strucklahnungshörn ist für Touristen aus dem Binnenland ein Erlebnis: Links und rechts der Straße saftige Strandgrasweiden, die bei Sturmfluten unter Wasser stehen, Schafe blöken, zu Ostern wagen winzige Lämmer die ersten stakeligen Schritte, weit hinten glitzert die Nordsee, vor dir ein paar zerstreute, rotgeklinkerte Bauernhöfe mit Stallungen und Ferienwohnungen, die Dorfkirchen sehen so aus, als wären sie sonntags voll und irgendwo da draußen muss Pellworm liegen, diese liebenswerte und weit unterschätzte, vom Touristenrummel verschonte, scheinbar in einer anderen Zeit hängengebliebene Insel mitten im nordfriesischen Wattenmeer, die trotzdem alles hat, was du brauchst: Ein paar Läden, ein paar Gasthöfe, zwei Hotels, viele Ferienquartiere und für Liebhaber der klassischen Musik sogar eine unschätzbar wertvolle Arp-Schnitger-Orgel, deren tosendem Jubel und leisem Weinen zu lauschen allein schon einen Pellworm-Besuch wert ist.

Bei Inselpolizist Paul Geistlicher klingelt das Telefon, das er stets am Bett hat, morgens um halb 6.
»Polizeistation Pellworm, Geistlicher?« murmelt er schlaftrunken in die Muschel. Geistlicher ist der einzige Polizist auf Pellworm. Da gibt es keinen Feierabend und in Notfällen auch keine Nachtruhe.
Oft schon hat Geistlicher darüber nachgedacht, wie lange die Insel wohl noch ihren unschuldigen Charakter bewahren kann. Pellworm erwacht. Es ist, als wenn die Insel listig darauf gewartet hätte, dass die Reichen und Schönen ihrer selbst überdrüssig werden und Sylt und den anderen längst überlaufenen Inseln den Rücken kehren. Jeder Prolet trägt heute eine Rolex und meint, dass die Whiskymeile in Kampen ihm gehört. Jede Fähre spuckt Hunderte Touristen aufs dafür viel zu kleine Amrum und macht aus der beschaulichen Inselidylle einen wuselnden Ameisenhaufen von pommesfressenden Familien mit zu dicken Müttern, genervten Vätern, pubertierenden Pickelgören und unerzogenen Windelscheißern.
Die örtliche Gastronomie auf den einst so angesagten Inseln hat falsche Schlüsse aus dem scheinbar niemals endenden Boom gezogen und ruft inzwischen Preise auf, die selbst Millionäre schlucken lassen. Umgekehrt proportional zur Qualität

der Speisen stehen die Zahlen am rechten Rand der Speisekarten. Fast herrscht ein Übermut wie im legendären Rungholt kurz vor der großen Flut. Die Wirte merken es nicht. Sie kassieren schamlos ab und pfeifen auf die Zukunft, liegen damit jedoch im Trend der Zeit: Auch die Vorstände großer aktiennotierter Unternehmen haben nur noch Shareholders Value und den nächsten Quartalsbericht im Sinn, der astronomische Gewinne auswirft, während die Personaldecke fast unmerklich dünner und die Produktqualität spürbar schlechter wird. Aber der urlaubende Gast ist längst kein Zahlvieh mehr. Er achtet auf sein Geld. Die vielen Koch-Shows im Fernsehen haben ihn obendrein kritisch werden lassen. Jeder, der ein Schnitzel von einer Scholle unterscheiden kann, urteilt über das, was auf seinen Teller kommt, brutaler als ein berühmter Gastrokritiker. Das Internet ist voll mit vernichtenden Kritiken über einst so angesagte Locations wie Losch, der als Fischbude begann und inzwischen an der Nordsee verbreiteter ist als McDo in den Großstädten, oder dem Nansibar, das seinen überhöhten Preisen und dem äußerst nachlässigen Service zum Trotz lange Jahre einen exzellenten Ruf genoss, den es zweifellos nicht der Kochkunst des Küchenchefs, sondern der vagen Chance verdankte, am Nebentisch mindestens einen Promi der B- oder C-Klasse zu entdecken.
Immer häufiger setzen nun Jaguars, dicke BMWs, modische SUVs und S-Klasse-Benz nach Pellworm über, atmen die Stille und stoppen nachdenklich vor den Schaukästen der beiden einzigen auf der Insel ansässigen Hausmakler, von denen einer, ein gewisser Saufke, gelassen ein reetgedecktes Häuschen nach dem anderen verkauft und die andere, Frau des ortsansässigen Klempners Folkardsen, ebenfalls von dem zwar spät einsetzenden, aber doch nicht mehr zu übersehenden Boom profitiert.

Die Preise für Häuser auf Pellworm ziehen soeben mächtig an. Immobilien, die letztes Jahr noch für fünfstellig zu haben waren, gehen nun im satten sechsstelligen Bereich weg und die Bieter übertreffen sich gegenseitig. Wer klug ist, setzt auf diesen Trend. Hier ein Café, das plötzlich um eine feine Boutique mit edlen Accessoires, die man nicht einmal auf Sylt bekommt, erweitert wird und die vom ersten Tag an beachtenswerte Umsätze macht. Dort eine stylige Vermietung von Elektromobilen, die einen lautlos wie Segelflieger über die Insel tragen. Retro-verliebte Umwelt-Ignoranten donnern in 60er-Jahre-Deutz-Traktoren über die schmalen Inselstraßen, zahlen gerne die stattlichen 40 Euro Miete pro Stunde fürs Selber-mal-einen-Traktor-Fahren und beim Insel-Sommerfest am Hafen mit Blick auf Segler und Krabbenkutter, wo die friesischen »Greyhounds« soliden Rock'n'Roll zum Besten geben, werden 35 Euro für kaum 10 Minuten Hubschrauberflug übers Wattenmeer bezahlt. Touristen auf Pellworm haben genug Geld in der Tasche. Nur wussten sie bisher nicht, wohin damit. Jetzt schon. Die wenigen Insel-Hoteliers folgen dem Trend und bauen ihre aus den 70er-Jahren stammenden Kegelbahnen zu schicken Wellnessbereichen um. SAT.1 kommt, RTL ist da, N3 entdeckt die Insel, und selbst im Wetterbericht von NDR Info wird oft auch die aktuelle Temperatur von Pellworm vermeldet.
Da lässt sich eine 93jährige österreichische Gräfin von ihrem schwedischen Enkel mit dem Privatflieger von Stockholm nach Pellworm fliegen und bekommt wegen ihres biblischen Alters und ihrer noblen Herkunft ein Privatkonzert in der Alten Kirche an der ehrwürdigen Arp Schnitger-Orgel, weil der Insel-Organist beim Kaffeetrinken zufällig am Nebentisch saß und die alte Dame sympathisch fand.
Da bleibt ein Tourist mit seinem dicken Auto am Deich auf dem Sluutweg liegen und natürlich ist ein Bauer mit seinem Trecker

schneller vor Ort als der ADAC auf dem Festland es jemals schaffen könnte, um ihn abzuschleppen. Das ist Pellworm. Eine herzliche Insel ohne Allüren, auf der es noch gratis gibt, was anderswo verloren ging: Den Frieden, die Mitmenschlichkeit und die Stille.
Im Sturm vor Tonne »Heiligenhafen Nord« auf der Ostsee, dicht bei Fehmarn, verliert ein Segler sein Beiboot, es wird von einem Fischer auf den Haken genommen und der verlangt im Hafen als Auslöse 150 Euro. Im Heverstrom vor Pellworm verliert ein Segler sein Beiboot, auch dieses wird auf den Haken genommen und der Fischer freut sich über einen ausgegebenen »Pharisäer« im Hafen-Pub. Niemals würde er auf die Idee kommen, dem Eigner des sichergestellten Bootes einen einzigen Euro abzuknöpfen, obwohl ihm nach internationalem Seerecht ein solcher Obolus zustände.

Geistlicher hört, was der Anrufer zu sagen hat und ist sofort hellwach. Minuten später sitzt er in seinem Golf-Cabrio, einen Streifenwagen braucht man auf einer Insel wie dieser nicht, und von unterwegs ruft er auf dem Nottelefon von Dr. Lange an, dem einzigen Inselarzt, der so wie der Polizeibeamte niemals ein Auge zu tun würde, ohne telefonisch erreichbar zu sein.
So eine Insel wie Pellworm funktioniert nur mit Menschen, die ihren Job über alles stellen. Das sind Leute, denen ihr Privatleben weniger bedeutet als das Wohl der Insel, ihrer Bewohner und der Touristen. Die, wenn es sein muss, rund um die Uhr nur ihren Job machen.
Dazu gehören die Männer von der »Eiswette«, dem knapp 20 Meter langen und nur aus Spenden finanzierten Seenotrettungskreuzer auf Nordstrand. Die »Eiswette« ist so wichtig für die Insel wie Polizist und Arzt. 2008 von Fassmer in Berne gebaut, hat dieser Kreuzer mit der internen Kennung SK 30 den Vor-

teil, mit nur 1,30 m Tiefgang selbst bei Ebbe im Wattenmeer näher als alle anderen Seenotrettungskreuzer an Segler in Not oder an leichtsinnige Wattwanderer heranfahren zu können. Geringer Tiefgang bedeutet aber geringeres Gewicht. Dafür wurde z.B. auf den Wohnbereich der Crew verzichtet und das herkömmliche Beiboot durch ein viel leichteres Schlauchboot ersetzt. Das weiß kein Tourist, der auf Nordstrand staunend vor dem Kreuzer steht, und trotzdem kann es lebensrettend sein für ihn, sobald er sich im Wattenmeer verirrt.

Dazu gehören die Crew vom Rettungshubschrauber in Flensburg, vor Ort der Inselarzt und der Inselpolizist ebenso wie die Besatzung des Pellwormer Ölschlengelbootes, das für Umweltkatastrophen im Wattenmeer bereit steht und die Freiwillige Insel-Feuerwehr: Helden des Alltags, nie in den Schlagzeilen und doch so unglaublich wichtig für diesen Mikrokosmos aus Inseln und Halligen, der fast in Sichtweite vom Festland liegt und doch so unfassbar fern ist.

Nur 35 Minuten mit der Fähre schneiden dich gefühlt vom Leben ab, als wärest du Robinson Crusoe und Freytag fernab jeder Zivilisation. Das stimmt zumindest dann, wenn du einen Herzinfarkt kriegst oder eine Frühgeburt, denn dann geht es um Minuten und du möchtest möglichst dicht an einer guten Klinik wohnen, aber wenn du tot bist wie die Fischersfrau auf dem Parkplatz in Tammensiel, dann ist es wiederum egal.

Aber auch das stimmt nur bedingt. Kürzlich erlitt ein Tourist einen Infarkt auf Pellworm und war total glücklich, dass ihm dieses Unglück auf der Insel widerfuhr. Denn auf Pellworm kommt immer gleich der Hubschrauber, wenn es den Verdacht auf Infarkt gibt. Auf dem Festland kommt erst einmal der Krankenwagen, und das kann dauern bei den langen Wegen, der Rettungssanitäter holt dann den Notarzt und der holt dann vielleicht den Hubschrauber. Aber der auf Pellworm, der da die Hand auf sein Herz presste und Angst um sein Leben hatte, der lag exakt 30 Minuten nach dem ersten Notruf auf der Husumer Intensivstation und dankte seinem Schöpfer, dass ihn der Infarkt auf der Insel erwischt hatte.

Dr. Lange kniet vor der Toten auf dem Parkplatz in Tammensiel und kann nichts mehr tun, denn ein einziger Blick in ihre weit aufgerissenen Augen sagt ihm, dass der Tod bereits vor Stunden eingetreten ist. Geistlicher holt weiß-rotes Flatterband aus seinem Kofferraum und sperrt den Tatort ab, den Kriminaldauerdienst auf dem Festland hat er bereits informiert und Geistlicher weiß, dass es ein langer Tag wird. Im Hotel Kiek Ut an der Hooger Fähre reserviert er schon mal einige Zimmer für die Kollegen, denn das hier ist ein Mordfall.

»Fundort ist vermutlich Tatort, keine Schleifspuren«, spricht Geistlicher in sein Diktiergerät, das er an diesem Tag zum ersten Mal benutzt, denn auf Pellworm wird eher selten gemordet. »Keine Kampfspuren, also hat das Opfer den Täter vermutlich gekannt. Es muss vom Angriff vollkommen überrascht worden sein. Opfer ist dem Aufnehmenden von Person und namentlich bekannt.« Geistlicher hat das kleine elektronische Diktiergerät auf Grund einer Dienstanweisung des Kieler Innenministeriums vor Jahren ausgehändigt bekommen, aber jetzt fällt ihm ein, wie sinnlos es ist auf einer Insel wie dieser: Ein Tatort-Protokoll auf Band zu sprechen macht doch nur Sinn, wenn es eine Sekretärin später abtippt! Aber Geistlicher hat keine Sekretärin. Also müsste er sein eigenes Protokoll selber vom Tonband abtippen. Er schüttelt unwillig den Kopf, steckt das winzige Teil in seine Hosentasche und zieht seinen geliebten alten Notizblock aus der Jacke, um den Rest hineinzuschreiben.

Etwas abseits wartet der katholische Inselpfarrer Alfred Raxler, der die Tote im Morgengrauen beim Gassigehen mit seinem Hund auf dem Parkplatz beim Supermarkt entdeckt hat.
»Pfarrer, kannst nach Hause gehen. Ich weiß ja, wo ich dich finde«, ruft Geistlicher zu ihm rüber.
Raxler nickt und pfeift nach seiner Promenadenmischung »Bronco«, in dem etwas Schäferhund und etwas Collie steckt: »Ich fahr zu Malte und vertell ihm dat mit sin Frau, dann braucht ihr das nich zu machen. Iss okay?«
Geistlicher nickt zu ihm rüber. Für einen Moment denkt er: Was macht der hier in Tammensiel? Läuft der Pfarrer mit seinem Hund nicht immer an der Alten Kirche entlang? So früh morgens schon unterwegs und so weit weg von zu Hause? Aber Geistlicher ist ganz froh, dass der Pfarrer zum Witwer fährt. Vernehmen wird den trauernden Hinterbliebenen dann später der Kommissar vom Festland. So oft kommt es ja nicht vor, dass der Insel-Polizist einem Insulaner den plötzlichen und unerwarteten Tod eines Angehörigen verklickern muss. Man könnte auch sagen, dass es so gut wie niemals vorkommt. Meistens finden die Insulaner mehr oder weniger unbeschadet den Weg nach Hause, und wenn mal einer mit einer gewissen Unpässlichkeit auf der Straße liegen bleibt, dann findet sich schon jemand, der ihn aufsammelt und mitnimmt. Zu einem guten Schluck sagt keiner hier nein. Man sitzt halt gerne gesellig beisammen und je nachdem, wie viel Rum im Pharisäer ist, wird man halt lustig und immer lustiger. Und wenn dann jemand ein frisches Gerücht zu erzählen hat, von denen es auf der Insel mehr gibt als Graugänse im Herbst auf den sumpfigen Weiden, dann wird es schon mal später und immer später und dann ist es irgendwann schon viel zu spät zum Nachhausegehen, und außerdem fühlt sich jeder verpflichtet, ständig

einen auszugeben, das ist so Brauch, und da hängen sie dann schon mal ab, obwohl sie eigentlich früh wieder raus müssen, zum Krabbenfischen, zum Melken, zum Müllwagen-Fahren, oder sie müssen sich um die Gäste kümmern, aber da gibt schon wieder jemand einen aus, und das wäre auch unhöflich, wenn man den jetzt ablehnt. Das Koffein im Pharisäer macht wach und der Rum im Pharisäer macht duhn. Das ist gefährlich. Da hat man im Laufe einer Nacht ziemlich schnell zwölf starke Becher Kaffee und eine halbe Flasche Rum intus, was eindeutig für einen Herzkasper reicht, jedenfalls dann, wenn man vom Festland kommt. Die ganze Nacht nur Pharisäer trinken reicht eigentlich für tot. Das ist ein Naturgesetz. Aber auf so einer Insel sind die Menschen weitgehend resistent gegen Naturgesetze. Sie haben ihre eigenen.

Der Parkplatz von der Edeka ist ein übersichtliches Stück Asphalt mit Parkboxen und etwas Grün dazwischen. Erst kürzlich ist hier ein Neubau des Supermarktes entstanden. Der alte war klein und eng und hatte den Charme eines Krämerladens. Der neue ist dreimal so groß, hat weitläufige Gänge zwischen den Regalen, in denen sich zwei Einkaufswagen lässig begegnen können und bietet auch das Dreifache an frischer Ware, aber es könnte ihn eben so auch auf dem Festland geben, und auch das ist ein Symbol für den Trend der Zeit: Pellworm entdeckt die Gegenwart und macht sich fit für die Zukunft. Den alten Laden gibt es noch. Er grenzt an den neuen an, hatte seinen Eingangsbereich aber etwas oberhalb an der einzigen Einkaufsmeile der Insel, wo man früher gern mit einem Eis verweilte und zuschaute, wer den Supermarkt betrat und verließ.

»Du solltest nach einem Strick oder nach einem Tampen suchen«, sagt der Doktor, der mit seiner kleinen Maglite den Hals der Toten ableuchtet, »siehst du die rote Linie? Sie zieht

sich fast einmal um den Hals herum. Das hat keiner mit den Händen gemacht, wohl eher mit einem Stück Seil.«
»War gestern nicht Landfrauenabend bei Dörte?«, fragt Geistlicher, »Svantje ist doch bei den Landfrauen aktiv.«
»Sie war«, murmelt Lange. »Ich hab sie kaum gekannt, nur als Patientin und dann mal kurz aufm Deichfest gesehen«, hängt er noch dran und streift sich die Einmalhandschuhe ab, »aber da war sie schon ziemlich hackevoll und hat mit Lars Andersen rumgemacht. Malte hätte fast `ne Schlägerei deswegen angefangen, aber ich und noch `n paar sind dazwischen gegangen. Ach guck mal, da hinten lungert Andersen sein Sohn rum.«
Sven Andersen kommt neugierig näher. Der 17jährige geht in Husum aufs Gymnasium und wohnt dort mit einem Kumpel in einer WG, so wie alle Inselkinder, die das Abi machen sollen. Denn auf Pellworm gibt es natürlich kein Gymnasium. Entweder findet man eine der seltenen Lehrstellen, die es auf der Insel gibt, oder man muss aufs Festland. Das ist einerseits sehr traurig, aber andererseits werden die Inselkinder dadurch auch sehr früh erwachsen und lernen, für sich selbst zu sorgen. Natürlich kommen die Mütter alle Naslang rüber gefahren und machen den groben Hausputz, aber im Grunde müssen sie doch schon recht früh alleine klar kommen. Die Kinder von Pellworm…
Doktoren und Professoren sind aus ihnen geworden, Hilfsarbeiter auf Bauernhöfen, Lehrer, Facharbeiter, Techniker, Trinker, Spinner, Erfinder, Genies und Nieten. Die Insel hat sie in die Luft gespuckt, und irgendwo auf dem Festland sind sie gelandet, oder sie sind geblieben, um nie mehr fort zu gehen. Auch das hat eine lange Tradition. Noch heute leben auf Pellworm alte Leute, die ihr Leben lang nicht ein einziges Mal auf dem Festland gewesen sind.
Früher war Sven einer der Problemfälle von Geistlicher. Auf so einer Insel ist Kriminalität ein Fremdwort, friedlicher ist

es nirgendwo, außer natürlich auf den Halligen, aber wenn doch mal irgendwas passiert war, Fahrräder geklaut oder Graffiti geschmiert wurden, dann fing der Inselpolizist aus gutem Grund erst mal bei Sven mit Ermitteln an. Dann ist seine Mutter gestorben, und seitdem ist der Junge sehr ernsthaft und in sich gekehrt, fast scheu. Wenn er auf der Insel bei seinem Vater ist, macht er manchmal den Gehilfen auf einem der Krabbenkutter und verdient sich ein bisschen was dazu, aber Kontakt zu den anderen jungen Leuten, mit denen er früher verkehrte, hat er eigentlich kaum noch.

Den Tod von seiner Mutter, denkt der Polizist, hat der noch lange nicht verwunden. Und dann diese ewigen Insel-Gerüchte, die sich halten wie Fußpilz und die besagen, dass Sven eigentlich gar nicht der leibliche Sohn seiner eigenen Mutter ist, sondern aus einer verschwiegenen Liaison seines Vaters mit einem blutjungen Mädchen stammt, das hat ihm obendrein Zeit seines Lebens zugesetzt.

Kinder sind grausam. »Kuckucks-Sven«, haben sie ihn früher gerufen, weil er ein »Kuckucks-Kind« sein soll. Bewiesen wurde das aber nie und auch nur hinter vorgehaltener Hand weiter getratscht. Geistlicher ruft rüber:

»Was machst du denn hier so früh, hier gibt's nix zu sehen«, und Sven bleibt an dem rot-weißen Flatterband stehen:

»Konnte nicht schlafen«, murmelt er. »Was issn hier los?«

Geistlicher antwortet nicht und der Doktor sagt, »geh nach Hause, Junge.« Sven dreht sich um, zieht die Kapuze von seinem Pulli über den Kopf und schlurft davon.

Der Polizist ist irritiert. Der Pfarrer geht woanders Gassi als sonst. Der Junge schleicht hier im Morgengrauen herum. Und da liegt diese Tote. Wie passt das alles zusammen?

Aber er spinnt den Gedanken noch weiter, den er gerade hatte, als er Sven sah. Die Kinder von Pellworm. Hat nicht schon

manch eine junge Familie ernsthaft erwogen, auf der Insel eine neue Existenz zu gründen und die Kinder in diesem Universum des Friedens aufwachsen zu lassen? Wiesen, Weiden, Trecker, Schafe, Kälber, stille Straßen, ganz viel Platz zum Spielen, Nordseeluft, kaum Abgase, die kleine Schule, die Alte Kirche, jeder kennt jeden und die Häuser sind erschwinglich.
Viele haben wieder Abstand von dieser Idee genommen. Denn die frühe Trennung von den Eltern ist ein harter Schnitt. Es hat sich aber andererseits erwiesen, dass die Kinder von Pellworm erheblich selbständiger, früher erwachsen und auch irgendwie heller im Kopf sind als die Gleichaltrigen, weil sie, wegen der Insellage, viel früher viel mehr dürfen als andere, freier aufwachsen, in frühen Jahren schon viel mehr eigene Entscheidungen treffen dürfen als Kinder auf dem Festland und angstfrei ihr junges Leben gestalten können.
Auf dem Festland gibt es für Kinder Verbote, Gebote, du darfst dies nicht, du darfst das nicht, geh nicht mit Fremden mit, schau erst nach links, dann nach rechts, all das ist wichtig und notwendig, aber es engt eben auch ein, es lässt den Kindern wenig Spielraum, es macht sie ängstlich und uniform.
Auf den Inseln ist das anders. Da gehen die Kinder einfach raus, sie spielen dort, wo sie wollen, natürlich achten sie auf den Verkehr, aber sie sind freier, wachsen unbelasteter von allen möglichen Verboten auf. So betrachtet wäre es vielleicht für die eine oder andere junge Familie ganz gut, wenn sie sich für die Insel entscheiden würde. Aber das passiert zu selten. Die Insel überaltert. Der demografische Wandel hin zu immer mehr Alten findet hier so dramatisch statt, dass man schon durchaus von einem Problem sprechen kann. Das wissen die Leute im Gemeinderat ebenso wie die im Tourismus-Service, das weiß jeder Vermieter, jeder Gastronom. Aber das richtige Konzept gegen diese gefährliche Entwicklung hat noch keiner gefunden.

Immer mehr Alte und immer weniger junge Leute, die etwas Neues auf der Insel wagen. Das bedeutet: Immer mehr der niedlichen kleinen reetgedeckten Häuser werden von den Erben verkauft an wohlhabende Zweitwohnungsbesitzer, die keine Betten vermieten müssen. Zweimal, vielleicht auch dreimal im Jahr sind sie hier, zu Ostern, im Sommer, dann noch einmal im Winter und vielleicht zum Biikebrennen, aber sie lassen ihre Häuser ansonsten leer stehen. Es gibt deshalb immer weniger Gästebetten auf Pellworm. Dadurch natürlich auch ein kleiner werdendes Angebot. Das merkt der Einzelhandel, das merkt die Gastronomie. Ganz Nordfriesland leidet unter diesem Trend. Amrum, Föhr, Pellworm. Überall das gleiche. Aber keiner tut etwas dagegen.

Langsam rollt der schwarze Benz Kombi von Inseltischler Krischan Grützen auf den Parkplatz. Grützen hat seinen Lehrling Lars Feddersen dabei, der nicht nur wegen seiner dürren Figur, sondern auch wegen seiner Trinkgewohnheiten den Spitznamen »Kümmerling« trägt. Grützen ist nicht nur Tischler, sondern auch der Bestatter auf Pellworm, was natürlich Sinn macht, denn in Nordfriesland sind die Särge noch aus richtig gutem Holz. Mindestens aus Buche. Nicht so wie in den Städten, wo die Toten immer häufiger in Pappsärgen vom Bestattungs-Discounter beerdigt werden, weil die trauernden Hinterbliebenen die Kosten senken wollen.
Bei vielen Sturmfluten wurden früher die Friedhöfe geflutet und die Gräber freigespült, und die davonschwimmenden Särge sollen manch einem Insel-Bewohner in höchster Not als Floß gedient haben. Das erzählt man sich wenigstens. Eine alte Frau gelangte rittlings auf einem schwimmenden Sarg angeblich quer über den Heverstrom und wurde Tage später unversehrt bei Büsum auf den Strand gespült, wollen manche wissen.

Zwar fast verhungert und verdurstet, aber wenigstens nicht ertrunken. Sie soll dann ihr ganzes Erspartes der Grabpflege des unbekannten Toten vermacht haben, auf dem sie quer übers Wasser geritten war und so wurde dieses Grab, nachdem es neu ausgehoben und der Leichnam ein zweites Mal bestattet wurde, auf viele Jahre das schönste und prachtvollste auf dem ganzen Inselfriedhof.

Solche seltsamen Geschichten gibt es viele auf Pellworm. Die meisten ranken sich um den Turm der Alten Kirche, der heute einsturzbedroht und vogelbeschissen, trotzig und krumm, rostrot und stumm wenig mehr als 26 Meter in die Höhe ragt, früher war er wohl doppelt so hoch, Seezeichen, Retter verirrter Seeleute, höchstes Bauwerk in ganz Nordfriesland, Stolz der Insel, zusammengebrochen wegen schlechter Statik im Untergrund, aber wir wären nicht auf Pellworm, wenn es nicht auch zu diesem baulichen Desaster eine hübsche Geschichte gäbe, an der vermutlich gar nichts dran ist:

Derzufolge haben Landfahrer im Mittelalter die Insel heimgesucht, mit den Bauern allerlei Schabernack getrieben, ihnen die Zukunft aus den Handlinien gelesen, gestohlene Teppiche verkauft, den Fischern den Kopf verdreht mit ihren taillenschlanken schwarzäugigen Frauen, für manch eine Schlägerei, jedenfalls für erhebliche Unruhe auf der Insel gesorgt und konnten dann, nachdem sie ihr Feld abgegrast hatten, nicht mehr aufs Festland zurück, weil Eisschollen das Durchkommen von Booten unmöglich machten, woraufhin sie die Alte Kirche widerrechtlich besetzt und, weil sie froren, tragende Balken aus dem Kirchturm abgesägt und verfeuert haben sollen.

Deshalb, so sagt man auf Pellworm, sei der einst doppelt so hohe Turm in sich zusammen gekracht. Eine schöne Geschichte, aber keine wahre. Der Turm ist einfach deshalb zusammen gekracht, weil er auf weichem, beweglichem Untergrund gebaut wurde.

Heute könnte man sich die Portokosten für den Bauantrag sparen: So ein Riesenteil auf so unsicherem Grund würde niemals genehmigt.
Es gibt auf Pellworm überhaupt keine Bauten, die in den Himmel ragen, außer diesem seltsamen, rostroten Turm der Alten Kirche und natürlich dem Leuchtturm. Es gibt keine Bausünden. Keine Betonklötze so wie auf Sylt. Man schaut von nirgendwo über den Deich. Es sei denn, man steht auf ihm. Einige Ausnahmen gibt es aber doch. Aus der Nordermühle, einem Haus auf der Tammwarft und dem Hotel an der »Hooger Fähre« sieht man die See, zumindest aus einigen Fenstern, und natürlich vom »Restaurant Nordseeblick« aus, weil das ja vor dem Deich steht. Ansonsten duckt sich die Insel niedrig bebaut in die Landschaft, hier ein Gehöft, dort ein paar Ferienwohnungen, immer wieder kleine Hügel, Warften genannt, von Kühen und Kälbern auf saftigen Weiden umgeben, bebaut mit meist weißen und oftmals reetgedeckten Häusern, in denen mit einbrechender Dunkelheit die Lichter verlöschen, als stünde ein Fliegerangriff bevor. Der Pellwormer als solcher scheint ins Koma zu verfallen, wenn die Sonne sinkt. Ist ein Haus bei Dunkelheit beleuchtet, gehört es mit an Sicherheit grenzender Wahrscheinlichkeit einem Menschen vom Festland.

»Ach du Scheiße«, sagt Krischan Grützen. »Maltes Svantje? Wie ist das denn passiert?«
»Passt auf, wo ihr hintretet, fasst nichts an, was nicht sein muss und haltet sie kühl«, sagt Geistlicher und wirft Kümmerling einen warnenden Blick zu, denn er kennt seine Pappenheimer. »Morgen geht sie nach Kiel in die Pathologie, ich schick die Kollegen zu euch.«
Grützen nickt, Kümmerling starrt die tote Svantje an und dann schließt sich der Deckel über dem Zinksarg und der Benz rollt

vom Parkplatz. Lange packt seinen Notfallkoffer und Geistlicher leuchtet die Umgebung ab, Zentimeter für Zentimeter. »Guck mal hier«, sagt er zum Arzt und deutet mit dem Lichtstrahl auf ein Stück Tampen, ungefähr einen Zentimeter dick, blau-weiß-rot, knapp einen Meter lang, das direkt neben dem Unterstand für die abgestellten Einkaufswagen in einer Pfütze liegt.

»Könnte es das sein, was du gesagt hast?« Lange hockt sich hin.

»Mhm, könnte hinkommen von der Stärke her. Tja, ich fahr denn mal. Die Svantje, ich fass es nicht. Haste schon `ne Idee?« Geistlicher lässt ein meckerndes Lachen los, ohne wirklich lustig zu sein und verstaut den Tampen vorsichtig in einem Plastiksack. »Alter, du stellst Fragen. Nur Scheiße, dass es so gepisst hat heute Nacht. Ach, führste noch bei Krischan vorbei und nimmst schnell noch `ne Blutprobe von der Toten, wegen Promille und so?«

»Hab ich schon gemacht, und tschüs«, sagt der Doktor und knallt den Kofferraum von seinem Notarztwagen zu. »Du bleibst sicher noch `n büschen?« »Nee«, sagt Geistlicher, »ich fahr zur Fähre und hol die Kollegen ab.«

An der Tür vom Notarztwagen dreht sich Lange noch einmal um. »Du, Paul?«

»Mhm?«

»Mann, ich bin jetzt 20 Jahre auf der Insel und das ist der erste Mord.«

»Mhm. Meiner auch. Und jetzt fahr.«

Der Inselpolizist schaut dem Inselarzt hinterher, der sein rotweißes Auto mit dem Blaulicht oben drauf in der Morgendämmerung nach rechts in Richtung seiner Praxis lenkt und er hat ein verdammt schlechtes Gefühl. Geistlicher liebt diese Insel. Sie ist so unschuldig. So ganz anders als das Festland. Hier lassen die Leute die Türen von ihren Häusern offen und die Schlüssel von ihren Autos stecken. Es ist Jahre her und war weit vor seiner Zeit als Inselpolizist, als mal ein paar ausgeflippte Trinker am Strand randaliert haben sollen. Die hatten angeblich Waffen dabei, es gab Alarm, ein Sondereinsatzkommando kam damals mit dem Seenotrettungskreuzer auf die Insel und machte dem Spuk ein schnelles Ende. Vor zwei Jahren kam dann mal ein offenbar drogensüchtiger und wirres Zeug vor sich hin plappernder Spät-Hippie oder Stadtstreicher mit verlausten Rastalocken nach Pellworm, aber irgend jemand muss ihn nachhaltig darauf hingewiesen haben, dass diese Insel nicht die richtige für ihn ist, jedenfalls hat er umgehend die nächste Fähre zurück aufs Festland genommen und ist nie wieder gesichtet worden. Er hätte wohl auch keinen Schritt getan, ohne dass sich irgendwo die Gardinen ganz leise bewegt hätten. Das ist Pellworm. Hier gibt es nicht einmal einen Stau. Außer heute.

Die Autos stauen sich in Höhe Parkplatz, zur einen Seite bis fast zum Tiefwasseranleger und zur anderen fast bis zur Tanke von Wolfgang von Holdt, denn die Nachricht hat sich schneller herumgesprochen als die Kripoleute mit ihren zivilen Fahrzeugen und den Magnet-Blaulichtern auf dem Dach den Weg zur Fähre geschafft haben: Svantje Heinsen ist ermordet worden. Manche sind gerade angekommen und kommen nicht durch, manche wollen nur mal gucken, wieder andere wollen einkaufen und können nicht auf den Parkplatz, aber die meisten wollen beides: So tun, als wenn sie einkaufen wollen und dabei gucken.

Der Pellwormer als solcher hält sich gerne raus und redet auch nicht viel. Hauptkommissar Mathias Dopfner von der Kripo Flensburg hat deshalb erhebliche Schwierigkeiten, bis zum Mittag etwas über die Tote zu erfahren. Er fängt im Restaurant

»Nordseeblick« an, um Svantjes letzte Stunden zu rekonstruieren, das heißt: Er klingelt die Wirtin raus, denn der Gasthof hat noch zu.

Der »Nordseeblick« ist das einzige Haus in ganz Nordfriesland, das nicht von einem Deich geschützt wird. Es ist ein Wunder, dass dieses Haus überhaupt noch steht. Es muss gegen Seewasser irgendwie resistent sein. Es gibt keine Sturmflut, die nicht am Mauerwerk genagt hätte. 1962, als das Wasser stieg und stieg und noch in Hamburg mehrere hundert Tote forderte, als der Stadtteil Wilhelmsburg ertrank und Helmut Schmidt seine große Stunde als Polizeisenator hatte, da ist auf Pellworm die halbe Front vom heutigen Restaurant »Nordseeblick« eingestürzt, aber das Haus hat auch das überlebt. Zäh ist es und widerstandsfähig. In fast jedem Herbst, wenn die Sturmfluten kommen, wird der Eingang vom Wasser umspült, aber schlimm ist das nicht: Dann tragen die Gäste eben Gummistiefel oder kriegen nasse Füße.

Der »Nordseeblick« hat den Vorteil, dass die Fischer beim Essen ihre Krabbenkutter sehen können, weil der Gasthof direkt am Hafen ist. Fischer und Kutter ist wie Mann und Frau. Du lebst fürs Fischen oder du bleibst an Land. Krabbenkutter sind ja keine toten Maschinen mit einem Rumpf aus Stahl drumherum und mit Netzen außen. Krabbenkutter sind lebende Wesen. Es kann sein, dass du deinem Kutter etwas weg nimmst, vielleicht nur einen Werkzeugkasten oder die Kaffeemaschine, und morgen streikt die Maschine. Kolbenfresser. Stummer Protest. Das Schiff hat eine Seele.

Dörte Petersen, die Wirtin, ist blond, um die 40 und mit fast 1,90 m einen guten Kopf größer als Dopfner. Die ist nicht blöd, denkt der Kommissar. Ihre Antworten kommen präzise, schnell und auf den Punkt. Ja, Svantje war am Abend bei den Landfrauen im Nordseeblick, dafür gibt es über 30 Zeuginnen. Sie

hat dann irgendwann gezahlt und ist früh gegangen, vielleicht so gegen 10 oder halb 11, jedenfalls war sie die erste. Nein, das war nicht normal. An sich geht sie immer als letzte. Und ja, Dörte hat sie gefragt, warum sie schon weg will. Aber sie hat nix gesagt, nur so gelacht und ist dann weg.
Die Landfrauen. Der Kommissar weiß ein bisschen über sie. Schwiegermutter stammt ja schließlich von der Insel, ist hier aufgewachsen, kennt Hinz und Kunz und die Landfrauen allemal. Eine eingeschworene Gemeinschaft, die kein Internet braucht, um gut vernetzt zu sein. »Gott sieht alles. Landfrauen sehen mehr«, pflegt die alte Dame zu scherzen. Was hat sie nicht schon alles erfahren, bevor es in der Zeitung stand! Wie war das noch? Wie fing das an mit den Landfrauen? Genau. Elisabet Boehm war eine ostpreußische Gutsfrau und kämpfte für die Rechte anderer Frauen in der Landwirtschaft. Sich weiterbilden, Haushalt und Familie besser unter einen Hut kriegen, auch mal was anderes sehen als Küche, Kinder, Kirche und Kuhstall, das war ihre Idee. Ziemlich modern, denkt Dopfner. Wahrscheinlich war die Olle so eine Art von der Leyen des ausgehenden 19. Jahrhunderts. Jedenfalls hat sie 1898 den ersten landwirtschaftlichen Hausfrauenverein gegründet, den Vorgänger des heutigen Landfrauenverbandes, und was ist noch mal das Wappentier? Die Biene. Ob daher der Begriff »fleißiges Bienchen« kommt?
Dopfner glaubt ja. Muss er mal Schwiegermutter nach fragen. Heute jedenfalls haben die Landfrauen 22 Landesverbände und 550 000 Mitglieder, hat sie mal erzählt. Männer sind unerwünscht. Eigentlich verstößt das doch gegen das Antidiskriminierungsgesetz, grinst Dopfner in sich hinein. Aber hat schon mal ein Mann versucht, seine Aufnahme bei den Landfrauen gerichtlich durchzusetzen? Das wär`s doch mal! Schwule Pärchen können heutzutage Schützenkönig werden, ja klar, das ist

normal. Aber ein Mann als Landfrau? Oder wäre der dann ein Landmann?
Da wird so viel über Genderisierung diskutiert und dass die Unterschiede zwischen den Geschlechtern aufgehoben werden sollen, um Frauen nicht mehr zu diskriminieren. Aber Frauen sind offenbar ganz gerne unter sich. Nicht nur bei den Landfrauen. In Freiburg zum Beispiel gibt es Deutschlands letztes Damenbad. Männer haben hier keinen Zutritt. Sogar der Bademeister ist eine Bademeisterin. Das Lorettobad, von den Freiburgern liebevoll »Lollo« genannt, wurde 1886 gegründet. Geschlechterteilung war damals normal. Sie wurde später überall aufgehoben, nur hier nicht. Um die 30 000 Frauen kommen jährlich zum Baden ins »Lollo«. Unter ihnen sind viele Musliminnen, die aus religiösen Gründen kein gemischtes Bad besuchen würden. 1980 hat dann ein Jurastudent das Bad aus Jux verklagt, weil er sich durch das Männerverbot diskriminiert fühlte. Er hat den Prozess vorm Verwaltungsgericht verloren. Das Bad jedoch ist sogar Thema eines Buches geworden, »Sommer, Sonne, Damenbad« heißt es und zeigt auf dem Titel zwei Frauenfüße mit rotlackierten Nägeln. Genderisierungs-Expertinnen müssten sich die Fußnägel kräuseln vor Entsetzen, denkt Dopfner und schaut mal, wo das Buch bei Amazon steht: Platz 1 Million und ein paar Zerhackte, also eher schlecht. Sein eigenes Lieblingsbuch, und er liest viele Bücher, ist »Wie Männer ticken«, weil er sich da saufend und schwadronierend als alter Macho wieder erkennt und zu jedem Kapitel »Ja, so isses« rufen möchte. Aber auch das ist kein Buch, das der Genderisierung dienlich ist.

Der Hauptkommissar und sein Assistent Kai Piekmann fahren alle Pellwormer Adressen ab, die irgend etwas mit der toten Swantje zu tun haben könnten. Und das sind viele. Jeder hat sie gekannt auf der Insel. Ermitteln geht in echt nicht so wie im Tatort, wo es zwei, maximal drei Spuren gibt und eine davon ist es nach anderthalb Stunden. Ermitteln ist Klinken putzen, hier jemanden fragen, da was überprüfen, ganze Kladden mit Notizen füllen, Alibis checken und eben auch ein Bild vom Opfer gewinnen, aber wer war diese Swantje wirklich, außer dass sie bei den Landfrauen aktiv war?

»Seltsame Straßennamen haben die hier«, sagt Piekmann in Dopfners Gedanken hinein und schaut auf den Inselpan im Touristenführer »Pellworm heute«, der monatlich erscheint und den man kostenlos in jedem Laden kriegt. »Tüterland. Untjehörnweg. Waldhusen. Ich möchte, wenn, dann in Tüterland wohnen. Kai Piekmann aus Tüterland auf Pellworm, das klingt doch gut, oder?« Er strahlt wie ein Honigkuchenpferd: »Hey Chef, ich zieh nach Pellworm ins Tüterland. Kai Piekmann aus Tüterland auf Pellworm«, wiederholt er noch einmal für sich, »wie geil ist das denn?«

Dopfner kann Piekmanns plötzlich Anflug von Humor nicht so recht teilen. Er antwortet nicht, reisst sich stattdessen von seinen Gedanken über Damenbäder und tickende Männer los und zieht so etwas wie eine erste Bilanz. Was haben wir denn bisher?

Verheiratet war Swantje mit Malte Heinsen, einem der letzten Pellwormer Krabbenfischer, der total verzweifelt über den Tod seiner Frau vor wenigen Stunden von Dr. Lange eine Beruhigungsspritze bekommen hat und vorerst vernehmungsunfähig ist, aber sie hatte auch eine Schwäche für Pharisäer, für dieses merkwürdige nordfriesische Getränk, das aus heißem Kaffee und einem kräftigen Schuss Rum mit einer Prise Zucker und Schlagsahne oben drauf besteht. Und wenn Svantje so sechs, sieben Pharisäer intus hatte, dann wurde dem Fischer sin Fru etwas – nun, etwas leichtlebig, könnte man sagen.

»Sie hat halt mit fremden Männern rumgemacht, wild getanzt und auch mal geknutscht«, berichtet Kai Piekmann seinem Chef, als die beiden nun in der Tischlerei von Krischan Grützen vor dem geöffneten Zinksarg mit der toten Svantje Heinsen stehen, »aber sagen Sie mal, Herr Dopfner: Warum nennen die auf Pellworm das Zeugs ausgerechnet Pharisäer? Ich hab da vorhin mal drauf gegoogelt, also die Pharisäer, nä? Das war `ne jüdische Glaubensgemeinschaft zur Zeit von Jesus, die haben damals doch bestimmt keinen Rum in den Kaffee gekippt.«

Dopfner beugt sich mit einem biegsamen Zollstock über den Hals der Leiche und misst die Stärke des roten Striches, der sich einmal rund herum zieht. »Passt genau«, sagt er und meint das Stück Tampen, das Insel-Polizist Paul Geistlicher in der Pfütze gefunden hat. »Und wie jetzt, Pharisäer? Nix zu tun, oder was? Ich will alles über die Frau wissen, mit wem, wann, warum und wieso!«

Du sollst nicht so hart sein mit deinen Leuten, kommt ihm dann in den Sinn. Er hebt das rechte Augenlid der Toten an, schaut in ihre starre Iris, denkt an sein letztes Fortbildungsseminar mit dem Titel »Motivationstraining für beamtete Vorgesetzte, Teil 1«, dreht die tote Frau auf den Bauch, untersucht die rote Spur des Tampens auf der Rückseite des Halses, misst auch hier noch einmal nach und sagt versöhnlich:

»Also, Piekmann. Wer die Pharisäer waren, das wissen Sie ja schon. Ist doch schön, dass Wikipedia Ihre mangelnde Schulbildung ersetzt, oder? Aber deswegen wissen Sie noch lange nicht alles. Es war nämlich so«, er lässt die Leiche für einen Moment Leiche sein und hofft, dass er sich noch so einigermaßen an Schwiegermutters Worte erinnert, »Jesus hat die Pharisäer, bei denen es sich tatsächlich um eine jüdische Glaubensgemeinschaft handelte, wie Sie schon ganz richtig bemerkten, für Heuchler gehalten. Weil die das Alte Testament nicht kapiert haben, seiner Meinung nach. Seitdem ist «Pharisäer» halt `n anderes Wort für «Heuchler», können Sie mir insoweit folgen? Irgendwann im 19. Jahrhundert haben die Bauern da drüben auf Nordstrand ihre Sauferei getarnt, indem sie ihren Rum mit Kaffee verdünnt und Schlagsahne oben drauf gelöffelt haben. Vor allem dann, wenn der Pfarrer zugegen war, denn der hatte ihnen das Saufen verboten. Die Schlagsahne hat den Alkohol gebunden und es roch dann nicht so. Deshalb kriegte der Pfarrer seinen Kaffee mit Sahne und die Bauern kriegten Rum mit Sahne und einem Schuss Kaffee. Aber einmal hat der Pfarrer aus Versehen auch so eine Bombe gekriegt, und da hat er sagen wollen, ihr seid doch alles Heuchler, also auf deutsch, wollt ihr mich verarschen oder was?, und überliefert worden ist das mit dem schönen Satz: «O, ihr Pharisäer», also «O ihr Heuchler.» Seitdem heißt Rum mit etwas Kaffee und viel Sahne drauf eben «Pharisäer». Können wir jetzt bitte wieder über das Umfeld der Toten reden?«

Piekmann weiß mehr. Und natürlich war ihm die Entstehungsgeschichte des Pharisäers bekannt. Er könnte jetzt aus dem Stand eine Vorlesung halten über jüdische Glaubensgemeinschaften zu Jesus` Zeiten, über Chassidim, über Antiochos IV. und die Sadduzäer, die ja bekanntlich die Konservativeren waren und ihre Anhänger eher aus der Oberschicht rekrutierten, während die Pharisäer die breite Masse hinter sich hatten. Er könnte dozieren über die Zeloten und die Sikarier und die Babylonier, aber eines hat er sich geschworen, und das bewährt sich immer wieder aufs Neue: Egal, was du weißt, sei niemals schlauer als dein Chef. So verkneift er sich auch die Bemerkung, dass sich die Bauern auf Nordstrand, nachdem sie den Pharisäer erfunden hatten und damit ihre Sauflust tarnten, sogar das übliche »Prost« abgewöhnten, denn das hätte den Pfarrer misstrauisch gemacht. Hebt man die Tasse mit einem Pharisäer

drin, sagt man nicht Prost, sondern »Na denn«, was zweifellos auch zu nicht alkoholischen Getränken passt. Die auf Nordstrand entwickelten also eine beträchtliche Portion an krimineller Intelligenz, um es mal ermittlungstechnisch zu sehen.
»Wieder was gelernt«, sagt er ehrfürchtig, »übrigens hab ich mir mal den Kutter vom Mann der Toten angeschaut, von diesem Malte Heinsen. Der benutzt genau denselben Tampen wie den hier, mit dem sie…«
»Und das sagen Sie mir erst jetzt???«
Piekmann liebt es, seinen Chef zu ärgern, indem er wichtige Ermittlungsergebnisse in Nebensätze verpackt. Jetzt will er eigentlich sagen, dass vermutlich jeder nordfriesische Krabbenfischer solche Tampen benutzt, aber Dopfner ist schon raus zum Inselpolizisten, der vor der Tischlerei wartet und wenig später ist der Kutter »Svantje« beschlagnahmt und das gesamte Tauwerk außer den vier Festmacherleinen geht mit dem Stück Tampen aus der Pfütze nach Flensburg ins Labor, von wo am Abend die Meldung kommt: Jawohl, das Stück Tampen passt zu einer Rolle Tau, die auf dem Kutter sichergestellt wurde. Das vermutliche Tatwerkzeug stammt also vom Schiff des Witwers Malte Heinsen.
Heinsen hatte ein Motiv, nämlich Eifersucht und ihm gehörte das Mordwerkzeug, nämlich das blöde Stück Tampen, aber der Fischer hat ein Alibi, und gegen dieses Alibi ist Dopfner machtlos. Es gibt einfach kein besseres. Als Svantje starb, fischte die »Svantje« nämlich mit drei Knoten Fahrt und einem geschätzten Spritverbrauch von vier Litern pro Stunde an der Kante vom Heverstrom zwischen Nordstrand und Pellworm auf Krabben, der Fang war nicht schlecht, sie kam zurück mit 110 Kisten, in jeder Kiste sind 30 Kilo, fürs Kilo Krabben zahlt der Holländer 3,80 Euro, das macht über 12 Mille abzüglich Sprit und Lohn für den Gehilfen, der die Netze reinholt, die Krabben

aufs Fließband bringt, sie kocht und runter in den Kühlraum schleppt, und dieser Gehilfe hat keinen Grund zu lügen.
Malte Heinsen stand also offenbar am Ruder der »Svantje«, als seine Svantje erdrosselt wurde.
»Er kann ja schlecht heimlich von Bord gesprungen und mal eben an Land geschwommen sein, um seine Frau zu erwürgen, um dann wieder zurück zu schwimmen«, sagt Dopfner und schaut die tote Svantje an.
»Außerdem hat ihn der Fahrer vom holländischen Lkw gesehen, der die Kisten auf Nordstrand übernommen hat«, fügt Piekmann hinzu. Andererseits: Die »Svantje« hat ein Beiboot, mit dem man sehr wohl mal eben durchs Wattenmeer auf die Insel und zurück an Bord düsen kann, wenn man sich auskennt mit Ebbe und Flut und wenn man sicher sein kann, dass einen keiner sieht. Und könnte der Fahrer vom holländischen Lkw nicht ebenso gut jemanden gesehen haben, der wie Malte Heinsen aussah?

Die Fähre »Pellworm I« bewegt sich quer zum Heverstrom träge durch die glitzernde See. Sieben Knoten macht das Schiff, das sind ungefähr 15 km/h, und der schneeweiße Dampfer braucht von Nordstrand 35 Minuten, um die Insel zu erreichen. Zur Linken schaut man auf die Hallig Südfall, sieht manchmal kleine Gruppen von Wattwanderern wie gesprenkelte Punkte am Horizont oder Pferdewagen, die sich durch den Schlick kämpfen, zur Rechten sieht man Robben, die träge auf Sandbänken in der Sonne liegen und immer wieder gern fotografiert werden, auch wenn sie hinterher gar nicht erkennbar, sondern nur graue Flecken auf grauem Schlick sind.
Auf dem Sonnendeck hinterm Ruderhaus, wo Schilder eindringlich vor Russ aus den beiden großen Schornsteinen warnen, der sich trotz regelmäßiger Reinigungsarbeiten auf

den Sitzmöbeln festsetzen und die Kleidung der übersetzenden Fahrgäste verunreinigen könnte, blinzelt eine vollschlanke, sympathisch wirkende und stilvoll in Esprit und Marc O'Polo gekleidete Mittvierzigerin auf sehr modischen hellgrünen Adidas-Turnschuhen in die Sonne und tut, was alle tun: Robben fotografieren. Auf ihrem weißen iPhone 5 geht sie auf »versenden als E-Mail«, schreibt als Kommentar »ich komme, Schatz« und wählt als Adresse »Mathias«. Zögerlich wegen mangelnder Internetverbindung, dann aber doch, quittiert ihr Handy mit freundlichem »Wusch« den Versand.

Es dauert eine Minute, bis bei Kommissar Dopfner auf der Insel die push-Meldung signalisiert, dass er eine neue Mail bekommen hat, und er ruft sie gleich auf, denn seine Frau müsste auf der Fähre sein, die jetzt gerade den Heverstrom überquert haben dürfte. »Du ermittelst auf Pellworm?«, hatte sie sich gefreut und keinen Widerspruch zugelassen: »Da komm ich dich besuchen, endlich mal wieder Mama treffen, und ich war sooo lange nicht auf meiner Lieblings-Insel!«

Insgeheim hatte Dopfner gemault: Frauen lenken ohnehin schon von der Arbeit ab, und dann auch noch zwei? Frau *und* Schwiegermutter? Wie alle Männer mag es der Kommissar nicht, wenn sich Berufs- und Privatleben vermischen, obwohl er in diesem Fall ja die Inselkenntnisse seiner Schwiegermutter nur allzu gerne nutzen wollte. Aber gleichzeitig wusste er in dem Moment, als seine Frau die Reise nach Pellworm als beschlossen verkündet hatte, dass mögliche Widersprüche ungehört bleiben würden. Das Versprechen »Ich störe dich auch überhaupt nicht«, war ihr nach weiblicher Logik gleich vorweggenommenes Gegenargument als Antwort auf eventuelle Bedenken ihres Mannes, ebenso naiv wie gut gemeint: Denn natürlich würde sie ihn stören, allein durch ihre Anwesenheit, auch wenn sie drei Tage kein einziges Wort sprechen würde.

Warum ist das so? Warum stören Frauen immer, wenn Männer arbeiten wollen? Die Antwort ist einfach, Dopfner weiß es aus leidvoller Erfahrung: Weil Männer einfach anders ticken als Frauen. Der Mann als solcher macht erst einen Plan, bevor er seine Arbeit beginnt. Der Plan muss perfekt sein. Das kann dauern. Aber letztendlich gibt es einen Grund für diesen Plan. Er verhindert zum Beispiel, dass man sich verzettelt. Man geht einfach nach dem Plan vor und kommt zum gewünschten Ziel.

Frauen ticken ganz anders. Spontan greifen sie hier in die Werkzeugkiste und da, haben überhaupt keinen Plan, probieren das eine und das andere Werkzeug aus und – wie blöd – schaffen die Arbeit am Ende viel schneller als die Männer! Ganz planlos. Damit können Männer nicht leben. Dopfner weiß das aus einem Buch, »Wie Frauen ticken« hieß es, und seine Frau hat es ihm letzte Weihnachten geschenkt. Natürlich war er dann auf Amazon unterwegs und hat seiner Frau zum Geburtstag als Replik »Wie Männer ticken« geschenkt, und seitdem wissen sie beide voneinander, wie sie angeblich ticken und haben oft genug herzlich über die beiden Bücher gelacht.

Aha. Marianne ist also auf der Fähre und knipst Robben. Dopfner hat die bessere Kamera und mailt ihr gleich sein eigenes Robben-Motiv zurück: »Meine Robben sind schärfer als deine«, schreibt er dazu. »Angeber« kommt noch zurück.

Marianne Dopfner blinzelt in die Sonne und denkt gerade, dass sie am liebsten die Beine auf die Bank gegenüber legen würde, als sich genau dorthin eine junge Frau setzt, die sie auf ca. Mitte bis Ende 20 schätzt. Lustige Zöpfe, blitzende Augen.

»Hier ist doch noch frei?«

»Jau.«

»Machste auch Kurzurlaub auf Pellworm?«

Huch, die duzt aber schnell. »Jau.«

»Also ich weiß ja noch nicht, ob mir das da gefällt. Weißte, ich hab so einen Typen kennen gelernt, der musste beruflich nach Pellworm, und da hat er mich gefragt, ob ich mal spontan mitkommen würde, also ich kenn den eigentlich gar nicht, aber ich hab gedacht, okay, schauste dir mal die Insel an, denn eigentlich ist das ein ganz Süßer, also der Kerl, meine ich. Naja, und jetzt bin ich hier.«

»Wie jetzt«, Marianne überwindet sich auch zum Du, »du kennst den gar nicht und kommst einfach so zu ihm auf die Insel?«

»Ach, was heißt gar nicht, wir waren schon ein paar Mal essen zusammen, aber das hier ist jetzt halt so spontan. Ich hab«, das Mädel beugt sich verschwörerisch vor, »natürlich auf einem Einzelzimmer bestanden.«

»Hm. Und wenn der sich als Idiot erweist?«

»Ist doch kein Problem, dann nehm ich die nächste Fähre zurück«, ist die lachende Antwort. »Und du? Was treibt dich nach Pellworm?«

»Äh, seltsam, mein Mann hat hier auch beruflich zu tun und ich besuche ihn mal«, sagt Marianne. »Außerdem«, fügt sie schnell noch hinzu, denn sie möchte die Frage, was ihr Mann hier treibt, nicht beantworten, »außerdem ist meine Mutter eine alte Pellwormerin, also nicht hier geboren, aber seit über 30 Jahren ist sie eigentlich ständig hier, und die besuche ich gleich mal.«

»Ich bin die Christine«, die Jüngere streckt ihr die Hand entgegen, »Marianne«, sagt die Frau des Kommissars und denkt: Was sind die jungen Leute heute so schnell mit Kontakten! Ich hätte nie jemanden hier auf der Fähre einfach so angesprochen. Aber irgendwie bewundert sie diese spontan-offene Freundlichkeit. Ob das von den Social Medias kommt? Da ist ja auch jeder mit jedem befreundet und kennt sich kaum. Aber sie beschließt, sich auf den lockeren, fröhlichen Umgangston einzulassen. So alt ist sie ja nun wirklich noch nicht.

»Hey«, lacht sie, »wenn das mit deinem Typen nix ist, können wir die Insel ja zusammen erkunden! Ich kann dir bestimmt viel zeigen, also so als Fremdenführerin. Und mein Typ hat sowieso keine Zeit für mich, wenn ich das richtig einschätze.«
»Ja, vollgeil! Das machen wir so. Meiner ist wahrscheinlich auch voll busy. Warte mal, ich tipp schnell deine Handynummer ein…«
So an die 50 Leute setzen zu Fuß über, und die beiden Frauen verlieren sich im Gewusel mit all den Koffern, Kinderwagen und Rucksäcken am Tiefwasseranleger aus den Augen. Schade, denkt Marianne: Hätte gern gesehen, wer die abholt. Ist ja quasi ein Blind Date für sie. Und Christine schaut sich noch um: Schade. Hätte gern gesehen, wer die abholt. Wahrscheinlich so'n Älterer mit `nem dicken Benz oder so was ähnlichem.

Kai Piekmann soll noch mal auf den Krabbenkutter fahren, Fingerabdrücke vom Ruder nehmen, die Spinde durchsuchen, auch mal unter die Matratze von der Koje gucken.
»Da kann ich meine Klamotten ja gleich in die Reinigung geben«, murmelt er, »das stinkt doch alles nach Fisch an Bord«, aber dann fängt er die Autoschlüssel auf, die Dopfner ihm zuwirft und macht sich auf den Weg.
»Ich ruf die 1515 und nehm mir eine Taxe ins Hotel«, sagt der noch und grinst, denn Piekmann ist so ein Geleckter, der stets im feinen Zwirn zur Arbeit erscheint, sich mindestens 10 mal am Tag die Hände wäscht und stets nach teurem Rasierwasser von Boss riecht. Eigentlich komisch, dass der keine Freundin hat, denkt Dopfner und schaut ihm hinterher, ob der schwul ist?
Er weiß nicht viel von seinem besten Mann. Dass er ein Modellbahn-Fan ist und sechs der sieben Zimmer in seinem Reihenhaus der Märklin HO-Anlage gehören, das hat er mal angedeutet, und dass er allein im siebten Zimmer wohnt. Crazy, oder?

Wahrscheinlich liegt es daran, denkt Dopfner. Welche Frau teilt sich den Kerl mit Märklin und haust mit ihm auf 20 Quadratmetern im Keller, während oben die Züge herumsausen? Piekmann ist weder hetero noch schwul, der ist einfach gaga in der Birne. So sieht das aus. Naja, ein ordentlicher Ermittler ist er trotzdem. Und sein Privatleben geht mich nun wirklich nichts an. Nun aber die Taxe anrufen und ab zur Fähre, Marianne abholen…

Kai Piekmann hat noch was Privates zu erledigen. Aber das muss sein Chef nicht wissen. Er ist mit dem Dienstwagen der Flensburger Kripo von Grützens Tischlerwerkstatt die Straße Richtung Tammensiel an der Einkaufsmeile vorbei Richtung Tiefwasseranleger gefahren, hat dort gewendet, eine hübsche junge Frau in seinem Auto verstaut, ist dann zum Hotel gefahren, schnell zurück zum Hafen, hat sich vorm »Hafen Pub« einen Parkplatz gesucht, ist auf der Toilette in seinen alten Overall geschlüpft, sich schnell noch ein Krabbenbrötchen bei »Leo« geholt und steigt an Bord des Krabbenkutters »Svantje«, um das polizeiliche Siegel zu brechen, das der Inselpolizist nach der Sicherstellung der Tampen am Ruderhaus angebracht hat. Der Steuerstand ist nicht groß. Armaturenbrett, Ruder, Kartentisch, einige Funkgeräte mit altertümlichen Telefonhörern, eine Art Sitzecke mit Bank, der Niedergang zur Koje. Piekmann nimmt die Fingerabdrücke, sichert sie auf seinem Computer und mailt sie ins Labor, wo sie mit denen vom Witwer verglichen werden. Er schaut sich die winzige Koje an, also hier schläft ein Krabbenfischer, wenn er nicht am Ruder steht?, staunt er und filzt den ganzen winzigen Raum, der natürlich deshalb so klein ist, weil Wohnraum auf so einem Schiff von der Lagerfläche für Krabbenkisten abgezogen werden muss.

Es gibt keine Toilette, keine Dusche, nur dieses Verlies unter der Wasserlinie mit der winzigen Koje. Achselzuckend steigt er wieder nach oben ins Ruderhaus. Nix Verdächtiges. Aber weil er ein Technik-Freak ist und weil sein Opa mit seinem ollen Kutter schon vor 30 Jahren in der Schlei bei Schleswig auf Heringe gefischt hat, interessieren ihn die vielen Schalter, Bildschirme und Knöpfe. Was ist was, und womit kann man was in Gang setzen?

Das hier, denkt er, ist bestimmt der Radar und schaltet den Bildschirm auf »on«. Augenblicklich ertönt vom Mast der »Svantje« ein Summen. Piekmann sieht, wie sich die Radarantenne im Mast dreht. Auf dem blass-grünen Bildschirm erscheint die Anzeige 2' 45", die läuft rückwärts, also braucht der alte Kasten noch fast drei Minuten, um warm zu laufen. Wahrscheinlich kriegt man Krebs, wenn man jetzt im Mast ist, geht ihm durch den Kopf, und damit liegt er gar nicht so falsch: Wie es die Berufsgenossenschaft vorschreibt, klebt am Monitor ein Warnplakat wegen der Strahlenbelastung, der man sich besser nicht aussetzen sollte. Aber wer klettert schon bei laufendem Radar in den Mast eines Krabbenkutters und hält sich dort oben länger als unbedingt notwendig auf?

Hier ist das Ruder, klar. Hier der Fahrthebel für vor und zurück in je drei Stufen, die einrasten. Posi steht da an einigen Schaltern, das sind wohl die Positionslaternen, vorne weiß, hinten weiß, links rot, rechts grün. Und hier? Aha, »m-u«, Piekmann schaltet die Lampen ein und zwei rote Leuchten übereinander gehen im Mast an: m-u heißt »manövrierunfähig«, das Signal für die Schifffahrt, dass jemand hilflos in der See treibt. Die anderen Bildschirme interessieren ihn. Da ist ein Fishfinder, der Schwärme unten am Meeresgrund als Signal farbig auf den Bildschirm bringt. Natürlich nicht für den Krabbenfang geeignet, aber wenn mal auf etwas anderes gefischt werden muss, weil Krabben vielleicht nicht mehr so angesagt sind oder sogar einer Quotenbeschränkung unterliegen, wenn man vielleicht

mal weiter raus muss als nur bis vor Helgoland und wenn sich der Markt dreht, also wenn zum Beispiel plötzlich keiner mehr Krabben kauft, dann kann so ein Fishfinder zum Aufspüren von Schwärmen da unten auf dem Meeresgrund durchaus nützlich werden.
Die denken hier ziemlich weit voraus, findet Piekmann und schaut sich weiter um. Heinsen ist ja nur ein kleiner Unternehmer. Ein einziger Kahn, knapp 20 m lang, das bringt zwar was, aber nicht viel. Der King auf Pellworm ist die Familie Kohrt, das hat er auch schon gehört. Drei Kutter, alle größer als die »Svantje«, jeder von ihnen im oberen sechsstelligen Bereich wert, das bringt`s, das macht Laune, aber das bringt auch eine verdammte Abhängigkeit vom Krabben-Kartell, das den Kilopreis gestaltet und zwar nach eigenem Gutdünken.
Piekmann und seine eiserne Regel. Zwar stellt er ständig blöde Fragen, um Dopfners Bedürfnis nach der Belehrung seiner vermeintlich ungebildeten Umwelt zu befriedigen und seinen Chef bei Laune zu halten, aber was der Leiter der Flensburger Mordkommission nicht weiß, ist, dass sein Assistent durchaus mehrere Tageszeitungen liest, täglich die wenigen Stunden seiner freien Zeit auf weiterbildenden Websites unterwegs ist und im übrigen die ZEIT abonniert hat, die zu seiner regelmäßigen und unverzichtbaren Wochenend-Lektüre gehört, und zwar mehrere Stunden am Stück, sofern nicht gerade ein Mord auf Pellworm dazwischen kommt, und dass er ziemlich verliebt ist, während Dopfner wahrscheinlich – ja, was eigentlich macht?
Piekmann weiß ungefähr so viel von seinem Chef wie der von ihm, nämlich fast nichts. Seltsam. Der Dopfner glaubt tatsächlich, dass du dich nur für Märklin interessierst, spricht Piekmann wütend mit sich selbst. Der Arsch kann mich mal an die Feut lecken.

Hier, das muss das Querstrahlruder sein. Piekmann streicht ehrfürchtig über den kleinen, stahlgrauen Kasten mit dem Schalthebel und der Anzeige von ganz links bis ganz rechts. Man sagt, dass es den zweiten Mann an Bord ersetzt. Mit diesem Querstrahlruder, im Optimalfall ist es ein hydraulisches von Jastram, dem Rolls unter den Einparkhilfen von Kuttern wie diesem, kann man den Kahn auf dem Teller drehen, ihn seitwärts bewegen und aus ganz schmalen Prielen, die nicht breiter sind als der Kutter selbst und die keinerlei Raum zum Wenden haben, ins breitere Fahrwasser zurückbefördern. Im Hafen dann ist das Querstrahlruder dafür verantwortlich, dass jedes Anlegemanöver trotz widriger Winde und hässlicher Tideverhältnisse gelingt, denn mit einem Jastram legst du den Kahn punktgenau an seinen Liegeplatz, hast vorher spielerisch gewendet, den Gezeiten getrotzt und zum Staunen der Touristen wieder einmal gezeigt, dass du der Chef bist und nicht die See.
Ja, Mahlzeit. Eigentlich ist es nur das Verdienst zweier Propeller, die einen Durchmesser von nicht einmal einem Meter haben, mittschiffs an Steuer- und Backbord angebracht sind und mittels ihrer Hydrauliktechnik derart viel Kraft entwickeln, dass sich der Kahn ganz von allein quer zur Fahrtrichtung dorthin bewegt, wo ihn der Skipper gerne hätte. Eine S-Klasse einzuparken ist jedenfalls schwerer, als einen Kutter mit einem Querstrahlruder gegen den Wind an die Kaimauer zu bugsieren.
Piekmann spielt an Knöpfen und dreht an Reglern. Aha. Mit diesem Schalter hebt sich das Netz aus dem Wasser. Mit dem dort fährt es wieder runter. Ein Tampen, der über eine Rolle im Mast läuft, hievt mit einer Tragevorrichtung die Kisten mit den Krabben aus dem Kühlraum direkt auf die Höhe der Ladefläche von den holländischen Lkw`s und zwar immer acht Kisten auf einmal. Das hier ist wohl das Horn, Piekmann drückt den Knopf und es röhrt an Deck wie ein kranker Hirsch. Uuups!

Und dort, der Bildschirm mit der Navigation. Piekmann schaltet ihn ein. Die Bedienung erklärt sich fast von selbst wie bei einem iPhone. Grünlich leuchtet die Seekarte. Pellworms Hafen, der Priel als schmale Zufahrt parallel zum Damm, der zum Tiefwasseranleger führt, der Fähranleger, und da sind die Tonnen, die das Fahrwasser quer über den Heverstrom begrenzen. Die »Svantje« ist deutlich erkennbar, obwohl sie fest vertäut an der Kaimauer liegt. Ein kleines blinkendes Schiffssymbol auf dem großen Bildschirm. Piekmann wechselt den Maßstab, sieht Amrum, Föhr, Sylt. Ein geiles Spielzeug, denkt er, aber für Krabbenfischer natürlich mehr als das. Wichtig zum Überleben, zum besseren Fangergebnis und vor allem einfacher als das Abstecken des aktuellen Kurses auf einer gedruckten Seekarte. Aber ob das gut ist? Lernen die jungen Fischer denn überhaupt noch, wie man mit der Hand navigiert? Und, wichtiger noch: Verlernen sie es nicht, selbst dann, wenn sie es einmal konnten? Können sie noch ihre eigene Position anhand der Sterne mit dem Sextanten bestimmen? Ist ihr Kopf noch gefragt? Schon im 18. Jahrhundert gab es Geräte, die Winkelmessung mit Hilfe von Spiegeln zur Ermittlung der eigenen Position auf freiem Wasser einsetzten. Eben die Sextanten, die ihren Namen von den 60 Grad auf ihrem Holzrahmen hatten. Isaac Newton, John Hadley, Thomas Godfrey waren nacheinander und zum Teil auch parallel die Entwickler dieser damals bahnbrechenden Navigationsmethode, die heute immer noch zum Ausbildungsprogramm gehört. Aber in der Praxis?
Piekmann schaut weit hinaus auf die See. Das ist wie Internet, denkt er: Ist das geballte Wissen der Menschheit auf Knopfdruck abrufbar, geht schleichend, aber unaufhaltsam die Mühe des Lernens verloren und der Mensch strengt sich nicht mehr an. Wissenschaftlich, langfristig und global betrachtet wird die Menge der aktiven grauen Zellen der kumulierten Menschheit

durch die Schaffung der digitalen Welt schrumpfen. Weil die grauen Zellen immer weniger gefordert sind.
Früher zum Beispiel musste man etwas lernen, um es zu wissen. Man musste vielleicht in eine Bibliothek gehen, um sich ein Buch auszuleihen, in dem man etwas las, das man verinnerlichte, man hütete das Buch, denn man musste es zurück bringen usw. Man beschäftigte sich damit. Heute geht man mit dem Handy auf Wikipedia und holt sich Informationen ohne jegliche Anstrengung.
So betrachtet, macht das Internet den Menschen dümmer und nicht etwa schlauer und es macht ihn auch bequemer, seine Rasse wird also fauler und dadurch angreifbarer und vielleicht bahnt sich genau jetzt die Endzeit der Phase an, in der die Menschen die Erde dominieren und beherrschen und, wären sie sich einig, mit Glück sogar befrieden könnten, aber stattdessen schafft sich der Mensch durch seine immer perfekteren Erfindungen nach und nach selber ab. Ob wir in einigen tausend Jahren wohl noch so viel Gehirnmasse haben wie heute? Global betrachtet? Kann man das in Zentnern oder Tonnen beziffern? Wie viel Hirn mag das Internet fressen?
Piekmann zückt sein Handy und drückt die App mit dem Taschenrechner, obwohl er das eigentlich auch im Kopf könnte. Siehst du?, denkt er, früher trug man keinen Taschenrechner bei sich und musste im Kopf rechnen. Heute ist in jedem Handy einer drin, und dann benutzt man ihn auch. Schon wieder so ein Beispiel für die grassierende menschliche Verdummung.
Sieben Milliarden Menschen leben auf der Erde, von denen jeder 7. das Internet nutzt. Bei uns sind es natürlich viel mehr, aber die meisten Menschen leben dort, wo es kein Internet gibt. Macht weltweit eine Milliarde Internet-Nutzer. Wenn jeder im Verlauf von 100 Jahren nur ein einziges Gramm Gehirnmasse durch galoppierende gedankliche Faulheit verliert, sum-

miert sich das weltweit in tausend Jahren auf 10.000 Tonnen menschliche Gehirnmasse, die einfach nicht mehr vorhanden ist. Eine beachtliche Zahl, die aber natürlich so isoliert nicht im Raum stehen bleiben kann, denn das Internet macht ja nicht nur dumm, sondern auch intelligent: Millionen hoch qualifizierte Experten werden gebraucht, die immer neue Apps entwickeln und eines Tages dafür sorgen werden, dass unser heutiges Internet nur noch im Museum zu bestaunen ist. Deren Gehirnmasse wird durchs Internet natürlich nicht schrumpfen, sondern wachsen. Dann müsste man berücksichtigen, dass das Internet in den Hungerländern, so bald es dort verbreitet ist, für mehr Wissen, bessere Ausbildungsstandards, effektivere Verhütungsmethoden und letztendlich für ein höheres Bildungsniveau sorgt, und all diese Werte, die es extra zu berechnen gelte, müsste man von den 10 000 Tonnen verlorener Gehirnmasse wieder abziehen. Und sicher gibt es noch unzählige weitere Aspekte, die dem Ermittler an Bord der »Svantje« noch gar nicht in den Sinn gekommen sind. Man müsste zum Beispiel der Frage nachgehen, ob das Internet dem Weltfrieden eher dienlich ist oder im Wege steht! Zwar können Extremisten und Diktatoren das Internet missbrauchen, um ihre kruden Ideen weltweit zu kommunizieren und neue Kämpfer zu rekrutieren. Andererseits gibt es heute keinen polizeilichen Übergriff in einem totalitären Staat mehr, der nicht minutenschnell per Internet um die Welt geht. Aber was müsste man studieren, um solche Fragen beantworten zu können? Soziologie? Philosophie?

In Piekmann steckt ein Philosoph, zumindest er selbst ist davon überzeugt, schließlich wollte er eigentlich Philosophie studieren und ist nur Polizist geworden, weil sein älterer Bruder auch bei der Kripo ist, und der gerade gefasste Gedanke fasziniert ihn: Das Net als Intelligenz-, letztendlich sogar als Menschenkiller?

Der Kriminalbeamte schaut aufs Watt, es ist Niedrigwasser, die »Svantje« liegt etwas schief und auf Schiet, nur in der Mitte der Fahrrinne glitzert noch etwas Wasser in der Abendsonne und eine Möwe kackt behaglich aufs Vordeck des Kutters, um sich danach dem Aufhacken eines Taschenkrebses zu widmen, den sie zu diesem Zweck im Schnabel aus dem Watt hierher auf den festen Untergrund geschleppt hat. Er beschließt, noch etwas zu bleiben. Die unvergleichlich saubere Pellwormer Inselluft, das glänzende schweigende Watt, die eiligen Wolken am farbenfrohen Himmel, tiefblau im Osten, weinrot im Westen, der blasse Mond, die sinkende Sonne, all das beflügelt seine Gedanken und macht sie schärfer, schneller, besser. Wärest du Schriftsteller, Komponist oder Maler, denkt er, hier würdest du leben wollen. Hier würden deine Bücher ergreifender, deine Musik anrührender und deine Bilder emotionaler als auf dem Festland. Nur bei der Polizeiarbeit bringt dir die Insel nichts. Oder weißt du vielleicht, wer die Fischersfrau, diese Svantje, umgebracht hat?

Er schaut auf sein Handy. Noch keine Nachricht vom Erkennungsdienst. Ist denn das Internet schlecht, weil es die Menschheit verdummen lässt und letztendlich ausrotten wird? Ist es gut, weil es viele neue hoch qualifizierte Arbeitsplätze schafft und das Bildungsniveau in Hungerländern heben kann?

Erfindungen sind weder schlecht noch gut. Sie sind einfach wertfrei. Es ist der Mensch, der Gutes oder eben Schlechtes aus ihnen macht. Es kommt nämlich ganz allein darauf an, wie man Erfindungen nutzt. Das Rad zum Beispiel. Eine geniale Erfindung. Sie macht es möglich, dass wir unsere kranke Oma besuchen und in Urlaub fahren können. Aber kein Panzer wäre jemals gebaut worden ohne das Rad, über das seine Ketten laufen. Milliarden Menschen sind ermordet worden, weil es das Rad gibt. Oder nimm die industrielle Revolution. Ohne sie würden wir noch im Mittelalter leben. Aber es gäbe auch keine Bomben. Die Kernspaltung. Ohne sie wäre das Klima längst eine Katastrophe, aber es gäbe auch keine atomare Bedrohung, kein Hiroshima, kein Fukushima. Die Gentechnik. Mit ihr kann man so viel Leid verhindern, so viele Krankheiten ausmerzen. Aber eben auch dem lieben Gott ins Handwerk pfuschen und Menschen nach dem eigenen Bilde schaffen. Jetzt das Internet. Bildung für alle, weltweit – aber auch die Abschaffung von geistiger Beweglichkeit und unter Umständen das Ende der Menschheit, wenn man es einmal überspitzt betrachtet.

Wer aber wird den Menschen als Beherrscher der Erde und ranghöchstes Lebewesen ablösen, wenn sein Gehirn stumpf ist und seine letzte gute Idee, nämlich die der Schaffung des Weltfriedens, gescheitert ist?

Die Ratte, denkt Piekmann. Die Ratte ist wach, sie ist schlau, sie ist gerissen und gegen alles mögliche resistent, sie hat Rudel-Disziplin, sie meidet unnötige Risiken, opfert Individuen zum Wohle des Ganzen, schickt schlau kleine Rättchen zum Giftprobieren, registriert emotional unbewegt deren qualvollen Tod, lässt die Krallen vom Gift, sichert so die Existenz der Rasse und vor allem: Ratten haben kein Internet. Darum werden sie den Menschen als Beherrscher des Planeten Erde ablösen. Der Mensch hingegen ist gerade dabei, sich selber zu killen.

Du könntest heute die Fenster des Ruderhauses eines Pellwormer Krabbenkutters mit Zeitungspapier zukleben und der Mann am Ruder wäre dennoch in der Lage, den Kutter fehlerfrei aus dem Hafen und in die Fanggebiete zu manövrieren. Ja, er hätte ohne einen einzigen Blick nach draußen nicht einmal das geringste Problem, seinen Kutter auf Kollisionskurs mit einem anderen Schiff aus der Gefahrenzone zu bringen, denn mit einem einzigen Klick kann er das Radarbild auf die Navigations-Software legen und sieht nun nicht nur, wo sein eigener Kahn herum schippert, sondern auch, wer auf welchem Kurs mit welchem Tempo ihm gerade entgegen kommt. Schöne neue Welt an Bord dieses Krabbenkutters. Und doch erst der Anfang. Piekmann drückt ein paar Tasten und da ist es schon: Das nordfriesische Wattenmeer mit allen Berufsschiffen, die gerade unterwegs sind, mit ihrer Kennung, ihrem Namen, ihrer Herkunft, ihrem Ziel. Kurs, Geschwindigkeit, alles auf dem Bildschirm. Die »Adler Express« donnert gerade mit 17 Knoten von Hallig Hooge kommend Richtung Nordstrand, aber die meisten Schiffe rund um Pellworm sind gemächlich vor sich hin dümpelnde Krabbenkutter, auch viele von Helgoland, Büsum, St. Peter sind dabei, sie laufen nur um die drei Knoten und holen mit minimalem Spritverbrauch eine Kiste Krabben nach der anderen an Bord.

Ach, guck mal, hier. Heinsen hat Notizen gemacht und zu bestimmten Positionen auf der Seekarte kleine Bemerkungen eingetragen. Sie erscheinen auf dem Bildschirm, wenn man mit dem Cursor darüber streift. »Vorsicht, Felsbrocken«, »große Steine«, »Grundberührung vermeiden«, liest er da. Aufploppende Fenster mit Geheimnissen, die über das Wohl und Wehe eines Krabbenkutters und vor allem über den Erfolg einer Fangtour entscheiden können.

Krabbenkutter fischen mit Netzen, die auf dem Boden schleifen. Verfängt sich ein Netz in einem Hindernis, sei es ein großer Stein oder schlimmstenfalls ein auf dem Rückflug von einer Bombardierung im Zweiten Weltkrieg als Ballast abgeworfener Blindgänger, so würde entweder das Netz reißen und der Fang wäre komplett verloren, oder das Netz würde halten und den Kutter in die Tiefe ziehen, jedenfalls wenn und so lange die Maschine laufen würde. Deshalb darf kein Krabbenkutter auslaufen, ohne dass ein zweiter Mann an Bord ist. Einer muss immer am Ruder stehen und die Maschine im Notfall stoppen können. Wo genau aber Hindernisse auf dem Meeresgrund liegen, das ist unter Fischern das bestgehütetste Geheimnis von allen. Sicher: Allgemein bekannte Gefahrenstellen wie zum Beispiel Wracks sind in den Seekarten ohnehin eingezeichnet, Seezeichen warnen vor ihnen, hier ist das Fischen oder sogar die bloße Durchfahrt verboten, aber wenn ein Fischer sein Netz verliert, weil er in unbekanntem Terrain gefischt und ein neues Hindernis entdeckt hat, dann wird er dies nicht laut im Hafen verkünden, sondern er wird es hübsch für sich behalten und nur eine kleine Notiz in seine Navigationssoftware eintragen. Auch das unterscheidet den Menschen von der Ratte, denkt Piekmann und macht sich schon wieder Sorgen um den langfristigen Fortbestand seiner eigenen Rasse: Der Mensch ist sich selbst der nächste, aber die Ratte opfert ihr Leben fürs Rudel. Wenn man das zu Ende denkt, wird einem angst und bange.

Kommissar Dopfner sitzt mit seiner Frau vorm Hotel Kiek ut an der Hooger Fähre, raucht noch eine Zigarette und schaut dem unglaublichen Sonnenuntergang zu, den es, wenn seine Schwiegermutter Recht hat, nur auf Pellworm so blutrot und unwirklich gibt. Die alte Dame ist pellworm-süchtig, kommt auch im Winter oft hierher, wohnt dann immer auf dem Paulsenhof und hat im Laufe der Jahrzehnte auch so manche Freundschaft geschlossen mit den wortkargen Insulanern, an die man schwer heran kommt, die aber doch, wenn sie erst einmal redselig werden, die abenteuerlichsten Geschichten zu erzählen wissen. Wenn sich zum Beispiel im frühen Mittelalter ein junges Mädchen auf der Insel Strand, wie sie hieß, als das heutige Nordstrand und Pellworm noch vereint waren, wenn sich also ein junges Mädchen im 14. Jahrhundert in einen Mann vom Festland verliebte, dann galt das als Todsünde, und der eigene Vater musste sein Kind ins Meer treiben und ersäufen. Heute verlas-

sen die jungen Mädchen Pellworm mit 15 oder 16 und sehen zu, dass sie auf dem Festland eine gute Ausbildung oder wenigstens einen Kerl kriegen, und Gäste sind nicht nur erwünscht, sondern der Tropf, an dem die Insel hängt, aber erhalten geblieben ist eine gewisse unterschwellige Skepsis der Inselbewohner gegen alles, was vom Festland kommt. Dass man diese Skepsis als unbegründet widerlegen und auch als Festlandsmensch mit alteingesessenen Pellwormern gute Freundschaft pflegen kann, dafür also ist Schwiegermutter ein Vorzeigebeispiel. Das ist ja mal ein Sonnenuntergang, denkt Dopfner, und seine Marianne sagt: »Das ist ja mal ein Sonnenuntergang.« »Mhm.«
Auch die Geschichte mit dem Spaten, der im Deich steckt, weiß er von der alten Dame. Als holländische Experten den Nordfriesen die ersten richtigen Deiche gebaut hatten, waren die Bauern für die Deichsicherung entlang ihrer Wiesen und Äcker verantwortlich. Das war eine schwere Belastung für manch einen Landwirt. Er musste Pferde, Wagen und Knechte abstellen, um entstandene Schäden am Deich sofort beheben zu können. Auch fehlte ihm die Arbeitskraft auf dem Hof. Wer beides – Deichsicherung und Landwirtschaft – nicht leisten konnte, dem drohte der Ruin. Er steckte dann zum Symbol seiner persönlichen Insolvenz, wie man heute sagen würde, den eigenen Spaten in den Deich, war damit enteignet, also alles Land los und musste die Insel verlassen. Wer wollte und genug Personal, Pferd und Wagen hatte, konnte sich das Land aneignen. »Wer nicht dyken, der muss wyken…« »Wer nicht deichen will, muss weichen.« Das war früher ein ehernes Gesetz.
Eigentlich kein schlechtes System, denkt Dopfner und überlegt, warum heute der Staat dem Einzelnen so vieles abnimmt. Leben wir zu bequem? Werden wir faul? Sind wir überhaupt überlebensfähig? Oder sterben wir eines Tages aus? Dass sein Assistent am anderen Ende der Insel soeben den gleichen Gedanken

hatte, nur schon etwas weiter ist und die Ratte als legitimen Nachfolger des Menschen entdeckt hat, ahnt er natürlich nicht.

»Schatz, was denkst du?«

Dopfner hasst diese Frage. »Ach nix, bin nur so mit meinem Fall beschäftigt«, murmelt er.

Marianne ist redseliger. »Du, ich hab auf der Fähre so eine junge Frau kennen gelernt, eigentlich eine ganz nette, wir haben mal die Handynummern ausgetauscht, und wenn du morgen sowieso arbeiten musst…«

Aha, denkt Dopfner, da ist es wieder: Dieses unterschwellige schlechte Gewissen, das einem die Frauen so gern einpflanzen. Sie hat nichts Angreifbares gesagt. Nur: Wenn du morgen sowieso arbeiten musst… Trotzdem steckt ein stiller Vorwurf darin: Nämlich die Frage, warum du den Tag auf Pellworm nicht mit ihr und ihrer Mutter verbringst anstatt mit deinem Job. Verdammt, warum bin ich hier? Um meinen Job zu machen! Aber ein Mann kann jetzt nicht ausrasten und auf den Tisch hauen. Denn, wie gesagt: Sie hat ja nichts Angreifbares gesagt.

»…dann könnte ich mich ja mit Mama und der treffen, dann wird mir nicht so langweilig!« Ja, Schatz. Triff dich, mit wem du willst. Aber hör auf, mich von meiner Arbeit abzuhalten.

»Ja, wäre doch super«, sagt Dopfner freundlich und lächelt dabei.

»Schatz, hast du was?«

»Nö, wieso? Ich hab nur gesagt, wäre doch super.«

»Ja, aber ich kenn dich doch. Ist es dir nicht recht?«

»Natürlich ist es mir recht! Ich freu mich sogar!«

Die Sonne ist hinterm Deich gestorben, und die beiden schweigen einen Moment. Sie haben sich wieder einmal nicht verstanden. Es ist, als wenn sie zwei verschiedene Sprachen sprechen. Vorm Kiek ut auf der Weide schnauben zwei Pferde. Das iPhone reißt den Kommissar aus seinen Gedanken, die sich soeben mit der Frage beschäftigten, warum er seine Frau nicht davon abhalten konnte, ihn hier auf Pellworm zu besuchen. Es war noch niemals eine gute Idee, wenn sich Frauen an einem Tatort einfinden. Auf seinem iPhone hat er als Klingelton Gasgeben im Leerlauf auf dem Motorrad eingegeben, weil er das irgendwie cool findet. Brrrum, brrum, macht das Handy. Er schiebt den Regler auf Annehmen und stellt auf Laut.

Die Zentrale in Flensburg ist dran. »Hallo Sigrid«, meldet er sich, und Sigrid sagt: »Hi Mathias, ich hab hier einen in der Leitung von deiner gottverlassenen Insel, der will den leitenden Ermittler sprechen, als Zeuge oder so. Kann ich durchstellen?«

»Gib ihn her«, sagt Dopfner, und nach einer Sekunde: »Kripo Flensburg, Dopfner, was kann ich für Sie tun?«

Der Mann am anderen Ende der Leitung sagt erst mal gar nichts und dann, dass er Lars Andersen heißt. Und dass er Wattführer auf Pellworm ist, also er macht diese Wanderungen bei ablaufend Wasser nach Hooge oder Südfall, von denen Dopfners Schwiegermutter immer so begeistert erzählt. Und er kann vielleicht was sagen zu dem Mordfall. Ja, was, sagt Dopfner etwas ungeduldig, aber der Mann kommt nicht so recht in die Puschen, also… Und wir müssten uns mal treffen… Muss ja nicht wichtig sein…

Lars Andersen: Der Name ist doch schon einmal gefallen? Genau, Geistlicher hatte gesagt, dass die Tote mit dem eventuell was hatte. Dopfner überkommt plötzlich ein Heißhunger auf einen starken Kaffee, und weil er auf der Fähre gehört hat, dass es dicht hier beim Hotel Kiek Ut ein Café geben soll, sagt er spontan: »Also gut. Ich hätte Sie sowieso sprechen wollen. Wenn Sie wollen, kommen Sie morgen um drei ins Warft-Café an der Hooger Fähre, da können wir reden. Ich bin der mit dem schwarzen Aktenkoffer.«

Hm. Lars Andersen scheint damit einverstanden zu sein, wenn Dopfner das Knurren im Handy richtig deutet. Er legt auf und

denkt, komisch eigentlich, vom Warft-Café hat Schwiegermutter dir noch nie erzählt. Muss wohl neu sein.
Als es dunkel ist auf Pellworm und der Mond die saftigen Weiden der schlafenden Insel in fahles Glitzerlicht taucht, als langschwänzige Tiere, die man besser nicht sehen möchte, die Gräben links und rechts der schmalen Landwege mit merkwürdigen Geräuschen bevölkern und schattengleich flitzend ihren nimmersatten Hunger in den unendlich weiten und sanft vor sich hinrauschenden Maisfeldern stillen, sitzen Dopfner und Piekmann auf ein Absackerbierchen in der winzigen Bar »Likedeeler« vom Hotel »Kiek ut« und tun das, was Männer tun, wenn sie endlich einmal nicht reden müssen. Sie schweigen.
Kommen Menschen vom Festland auf die Insel, werden sie in der ersten Nacht früher müde, als ihnen lieb ist. So geht es Marianne Dopfner: »Geh mal noch einen trinken mit deinem Assi«, hat sie gesagt und sich ins Zimmer zurückgezogen, wo sie sofort eingeschlafen ist. So geht es auch der jungen Frau, die sie auf der Fähre kennengelernt hat. Wenn der Typ glaubt, dass er mich gleich in der ersten Nacht rumkriegt, dann hat er sich getäuscht, hat Christine beschlossen und sich nach einem schnellen Imbiss bei Sven an der Hooger Fähre mit einem flüchtigen Küsschen von ihrem flüchtigen Bekannten verabschiedet: »Ich geh schlafen, wir sehen uns morgen.«
Der hat ein bisschen dumm geguckt, weil er sich den Verlauf dieses Abends anders vorgestellt hatte, aber der Schlüssel dreht sich von innen im Schloss und das war es dann wohl für diese Nacht. Piekmann überschlägt im Kopf ganz grob die Kosten, die er in diese nicht stattfindende Liebesnacht investiert hat: Bisher liegen wir bei 10 Euro für die Fähre, 40 Euro fürs Einzelzimmer und 6,50 Euro am Imbiss, na, geht ja noch. Da hatte er schon teurere Mädels, aus denen auch nix wurde. Vielleicht

gibt es ja eine zweite Nacht, wer weiß… Aber jetzt braucht er dringend einen Drink.
Dopfner und Piekmann sind sich viel ähnlicher, als sie ahnen. Auch Dopfner ist ein ernsthafter, asketischer, intellektueller und recht gebildeter Mensch, der nur deshalb nach dem Jurastudium zur Kripo gegangen ist, weil er auf das zweite Staatsexamen keine Lust mehr hatte und, auch aus Geldmangel, weil sein Vater nicht mehr zahlen konnte oder mochte, eine Weile recht lukrativ auf Studentenpartys Werbung für einen kleinen Schnaps gemacht hatte, was ihn zwar finanziell über Wasser hielt, ihn den Anschluss ans juristische Weiterkommen jedoch hatte verpassen lassen und dennoch keine Perspektive für ein langes Berufsleben bot. Er hat dann Versicherungen verkauft, was Reichtum versprach, aber das Schneeballsystem der Versicherungskette »Orga« widersprach letztendlich doch seinen Vorstellungen von einem seriösen Beruf.
So wurde aus dem einst hoffnungsvollen Juristen ein leitender Ermittler bei der Kripo in Flensburg, aber durchaus mit Ambitionen, besten Kontakten ins Kieler Innenministerium, einem gut vernetzten Unterstützerkreis und vor allem mit karriereversprechenden Nebentätigkeiten in allerlei Ausschüssen und Gremien.
Ob es um Innere Sicherheit oder um Gender-Mainstreaming geht, um Verhandlungen mit Lobbyisten über die Neuanschaffung von 100 000 schusssicheren Westen für Schleswig-Holsteins Polizisten oder um die neueste Werbekampagne für Polizei-Nachwuchs unter dem Motto »Martin lässt Papas Auto stehen, Martin fährt lieber mit Martinshorn«: Dopfner ist dabei. Der Spruch stammt übrigens von ihm. Jeder Streifenwagen zwischen Kiel und Segeberg hat ihn heute als Aufkleber auf dem Heck. Dopfner möchte nicht alt werden bei der Mordkommission. Er möchte in die Politik und ist klugerweise schon lange

in der SPD, die das Nordstrander Urgestein Harry Carstensen vor Jahren zwar haarscharf, jedoch erfolgreich in die politische Wüste geschickt hat und deren Vorsitzender Torsten Albig jetzt ebenso verzweifelt wie sein Vorgänger um Machterhalt, mehr Einfluss in Berlin und vor allem um das eigene politische Überleben kämpft.

Es geht in der Politik schon lange nicht mehr darum, das Beste für den Bürger zu erreichen, das Land zum Blühen zu bringen, die drückenden Schulden zu senken und zum Beispiel sozial Schwachen zu mehr Wohlstand und besseren Bildungschancen zu verhelfen. Politik, das hat Dopfner längst gelernt, obwohl er nur ein Polizist ist, Politik ist ein schmutziges Geschäft. Du starrst auf die Sympathie der Wähler, machst alles nur wegen ihrer Stimmen und alle vier Jahre kannst du sehen, wie gut du in diesem unwürdigen Spiel gewesen bist. Dann ist Landtagswahl. Und nur auf diese Wahl arbeiten alle hin im Kieler Landtag.

Es ist ihnen scheißegal, denkt er, während er neben Piekmann in sein halbleeres Bierglas starrt, wie es den Menschen hier draußen geht, auf den Inseln, auf den Halligen, auf dem flachen Land und in den Städten und Dörfern. Sie starren nur auf Umfrageergebnisse wie das Kaninchen auf die Schlange. Wer mit wem, wer keinesfalls mit wem, welche Koalition könnte Erfolg haben, welche würde schwächeln, wie betrügst du die Wähler am besten, was versprichst du ihnen, an was werden sie sich später garantiert nicht mehr erinnern, worauf könnte dich die Scheiß-Bildzeitung festnageln, was würden diese Aasgeier am schnellsten vergessen, wie viele Minuten kannst du im Fernsehen an Redezeit herausschinden, mit wem lässt du dich sehen, mit wem keinesfalls, mit wem lässt du dich fotografieren, mit wem setzt zu dich zu deinem eigenen Vorteil in eine Talkshow, welche Bürgeraktion bringt die meisten Stimmen, was darfst du niemals sagen, welche Lügen gehen eben noch als Halbwahrheit durch, welcher Lobbyist bringt welche Vorteile, und dann die Standortfrage!

Ganz wichtig in der Landespolitik, Dopfner hat es längst gelernt: Die von Lobbyisten durchsetzte und infiltrierte Landesregierung beugt sich auf allen Ebenen dem Druck der Industrie, die stets mit der Keule der Standortverlagerung in den europäischen Osten droht. Polen, Tschechei, so was. Zum Kotzen. Wenn zum Beispiel dieser Riesenkonzern für Genforschung mit Sitz in Kiel und 2000 Arbeitnehmern einen klitzekleinen gewissen Einfluss auf Schleswig-Holsteins Abstimmungsverhalten über Gentechnik im Bundesrat geltend machen möchte, dann steht natürlich die Drohung im Raum, dass dieser Konzern seine Zentrale sowie alle Forschungslabore ebenso gut auch nach Warschau verlegen könnte.

Europa ist offen, Europa hat die inneren Grenzen quasi abgeschafft, und die europaweite Freizügigkeit ist zur Geisel, zum Objekt der Erpressung geworden. Heute kann jeder überall hingehen. Wo er vorher gewesen ist, wird er verbrannte Erde hinterlassen. Politiker sind zu feigen Taktierern verkommen, zu schachernden Kompromisssuchern, fast ist es wie im alten Rom der Ära Nero, es geht nur noch um wer mit wem oder wer kann nicht ohne wen. Kurz vorm Untergang stehen wir, mit ernsthafter Auseinandersetzung, mit Prinzipien und Anstand oder wenigstens mit dem Versuch von politischer Gestaltungskraft hat dieses Geschachere um Wählerstimmen längst nichts mehr zu tun, Dopfner schaut nun schon etwas kariert in sein Bierglas, aber er muss Piekmann unbedingt noch die Wahrheit erzählen.

»Politik ist ein Scheißgeschäft, Piekmann«, murmelt der Kommissar und sein Assistent ahnt, dass dies kein kurzer Vortrag wird. Beim Wirt, der sich mit »Fritz« vorgestellt hat, wobei sich die beiden Beamten nicht sicher waren, ob es sein Vor- oder

Nachname ist und der jetzt hinterm Tresen der kleinen holzgetäfelten Bar steht, ordert er schnell noch zwei Schimmelreiter, die man hier oben im Norden ganz gerne mal trinkt, der Einfachheit halber sagt er »Fritz« zum Wirt, worauf dieser auch hört, und dann stützt Piekmann sein Kinn auf die Arme, starrt ebenso wie sein Chef ins Bierglas und nickt schweigend vor sich hin.

»Ich hab mal in Hamburg so einen Journalisten kennen gelernt, von dieser Schweinepresse, na Sie wissen schon«, fährt Dopfner fort.

»Och«, murmelt Piekmann, »ich finde die BILD gar nicht so schlecht.«

»Egal, jedenfalls hat der mir erzählt, dass er mal ein Interview mit Helmut Schmidt gemacht hat und den hat er gefragt, was der Unterschied ist zwischen seiner aktiven Zeit und den Politikern heute. Da hat der Schmidt gesagt: Wissen Sie, wir früher nach dem Krieg, wir haben uns um das Wohl des Landes gekümmert und heute geht es nur noch um die nächste Wahl und wie man sie gewinnt. Das ist der Unterschied. Hat der Schmidt gesagt. Ach übrigens, was macht der wohl, wenn die EU jetzt auch noch die Mentholzigaretten verbietet? Dann hat der doch nix mehr zu qualmen, oder?«

»Erlebt der vielleicht nicht mehr«, wirft Piekmann ein.

»Nee nee«, hält Dopfner dagegen, »das soll schon in drei Jahren kommen, dann ist der Schmidt 96 oder so, das kann er durchaus noch erleben. Na, in dem seine Haut möchte ich dann ja nicht stecken.«

»Jo«, stimmt Piekmann zu, »wird schwierig. Aber er hat ja noch sein Schnupfpulver. Außerdem hab ich in der Schweinepresse, wie Sie sagen, gelesen, dass er sich die ganze Speisekammer mit Stangen auf Vorrat gefüllt hat. Also der kann Menthol rauchen, bis er in die Kiste geht. So wie Steinbrück jede Menge alte Glüh-

birnen hortet, das hat er auch verraten. Ist doch nicht normal, das alles: Einerseits machen sie auf EU, und andererseits packen sie sich die Keller voll mit alten Glühbirnen.«
Piekmann gibt wieder einmal den Biertisch-Philosophen, um seinem Chef nicht die Rudelführerrolle streitig zu machen. Er denkt an seine Lieblingsbücher daheim in seinem Flensburger Häuschen, die aus den Regalen auf im Kreis rasende ICEs und Güterzüge schauen: Hegel, Kant, Schopenhauer und noch viel anspruchsvollere Lektüre. Hegel? Wie er Sartre beeinflusst hat und womit, kann Piekmann im Schlaf rückwärts runterbeten. Kant? Die »Kritik der reinen Vernunft« ist Piekmann so vertraut wie dem Normalbürger die Geschichte von Christi Geburt. Und Schopenhauer? Subjektiver Idealismus, irrationales Prinzip…
Während Dopfner weiterhin doziert und zwischendurch spöttische Bemerkungen zu Piekmanns Märklin-Bahn, Spur HO macht, denkt dieser: Man kann auch beides haben. IQ und HO. Der Bonmot gefällt ihm, aber er behält ihn wie immer für sich. Stunden später hat Dopfner ihm dann alles erklärt, was er meinte, einem etwas desinteressierten Beamten aus der zweiten Reihe erklären zu müssen über die Zusammenhänge in der regionalen sowie in der globalen Politik, und Piekmann verabschiedet sich mit Hinweis auf einen schweren morgigen Tag, während Dopfner bei »Fritz« noch einen Schimmelreiter ordert.
Oben auf dem Zimmer holt Piekmann sein iPad raus und klickt aufs Bücherregal, um nach so viel zwangsweise konsumierter Biertischpolitik den Kopf noch mit wahrem Wissen zu reinigen, so wie sich eine Frau nach sexuellem Missbrauch erst einmal lange unter die Dusche stellt. Er wählt Goethe. Faust I. Das rote Lesezeichen an der rechten oberen Ecke des Bildschirms steckt beim Osterspaziergang. Faust und sein Famulus, der gelehrige,

aber etwas dümmliche Schüler Wagner stehen oben am Berg und schauen auf die Stadt mit ihren verwinkelten Gassen. Faust und sein Famulus, lächelt Piekmann, bei uns ist es umgekehrt: Eigentlich bin ich der Faust, der Denker, und Dopfner ist der Famulus. Aber nach außen hin spielen wir anders herum, da gibt Dopfner den Chef und ich den Famulus. Er legt sich das iPad zurecht und genießt zum x-ten Mal die in Stein gemeißelten Worte, die er längst auswendig kann und die Dopfner vermutlich noch nie gelesen hat: »Vom Eise befreit sind Strom und Bäche durch des Frühlings holden, belebenden Blick. Vom Tale grünet Hoffnungsglück...«

»Hoffnungsglück.« Was für ein Wort. Jeder meint zu wissen, was Goethe damit sagen wollte und auch Piekmann las bisher über diese Stelle hinweg. Dieses Mal jedoch stockt er. Was meinte Goethe wirklich? Er legt das iPad beiseite und grübelt. Hat der Dichter vielleicht nur deshalb »Hoffnungsglück« geschrieben, weil es sich auf »Blick« reimt? Wollte er erst »Glückshoffnung« schreiben und hat die Worte nur um des Reimes Willen vertauscht? Und wie ist die Kausalität dieses Frühlingsgefühles zu beschreiben: Ist erst die Hoffnung und macht sie glücklich, weil man sie hat? Oder ist erst das Glück und lässt glücklich sein neue Hoffnung aufkeimen? Wenn letzteres zutrifft: Hoffnung worauf? Vielleicht darauf, dass das Glück Bestand haben möge, was ja das Gegenteil der faustischen Grundidee wäre (»werd ich zum Augenblicke sagen: Verweile doch, du bist so schön, dann magst du mich in Fesseln schlagen, dann will ich gern zugrunde geh`n...«)? Hat sich Goethe vielleicht absichtlich selbst widersprochen?

Nein. Piekmann erinnert sich daran, dass Faust ja in der Nacht zuvor dicht vorm Suizid stand, weil er ein Irrer war, ein Besessener, der nicht damit zurecht kam, dass er trotz aller Studien (»habe nun, ach, Philosophie, Juristerei und Medizin und leider auch Theologie durchaus studiert, mit heißem Bemüh'n...«) am Ende gar nichts wusste (»Da steh' ich nun, ich armer Tor, und bin so klug als wie zuvor...«), was ihn zum Wahnsinn trieb. Vermutlich hat Goethe gemeint, dass im Frühling die Hoffnung sprießt und daraus ein Glücksgefühl entsteht, weil man nun, wo das Eis schmilzt (das richtige da draußen auf den Flüssen und der Eispanzer ums Herz), wieder eine Lebensperspektive sieht. Faust steht also da oben auf dem Berg, sieht den Frühling erwachen und ist irgendwie glücklich, weil er keine Selbstmordgedanken mehr hat. Der Polizist geht eben mal raus aus seinem Buch und auf Safari, um den Begriff »Hoffnungsglück« zu googlen, aber da kommt nichts außer, dass es ein Wort aus dem Osterspaziergang ist. »Hoffnungsglück.« Hm. Sollte er das in seinen Sprachschatz übernehmen und Dopfner damit verblüffen? Er schüttelt den Kopf: Nee, Piekmann. Bleib lieber der Dummi, der von nichts etwas versteht.

Aber eines treibt ihn noch um in dieser Nacht auf Pellworm, wo er im Hotel Kiek ut auf seinem Bett mit dem iPad halb sitzt und halb liegt und den Faust studiert, während unten in der Bar sein Chef mangels anderer Zuhörer den Wirt namens Fritz mit allerlei Stammtischweisheiten aus der Landespolitik vom Schlafen abhält: Die geniale Personalisierung der Jahreszeiten allein schon in den ersten Zeilen des Osterspazierganges. »Durch des Frühlings holden, belebenden Blick«: Der Frühling ist in diesem Bild der Gute, zweifellos, und der weichende Winter wird gleich richtig fies und schwach dargestellt: »Der alte Winter in seiner Schwäche zieht sich in rauhe Berge zurück. Von dorten sendet er, fliehend nur, ohnmächtge Schauer körnigen Eises in Streifen über die grünende Flur, aber die Sonne duldet kein Weißes.« Klar verteilt! Gut und böse! Winter = schlecht und schwach und obendrein noch »alt«, also chancenlos und deshalb »fliehend nur«. Der Frühling hingegen:

»Holder, belebender Blick«, »Grünende Flur«, obendrein noch mit der ebenfalls vermenschlichten Sonne als Partner, denn die »duldet« keinen Altschnee, lässt ihn also schmelzen.
Das ist so deftig, so schwarz-weiß und brutal. Man müsste jetzt Parallelen anstellen zwischen der goethischen Diktion und dem Schreibstil des »Stürmers« in der Nazizeit, was eine Doktorarbeit wert wäre, aber sie wäre politisch unkorrekt, denn am Ende würde dabei herauskommen, dass die Nazis viel von Goethe gelernt haben, aber würde das jemand lesen wollen?, und dann müsste man noch Wagner mit einbeziehen, also nicht den Famulus von Faust, der ja »Wagner« heißt, sondern den Opern-Wagner, und da würde man vermutlich noch mehr Parallelen finden, und dann müsste man noch den »Wagner« von der BILD mit einbeziehen, der jeden Tag so unglaublich schwachsinnige und trotzdem manchmal geniale Kommentare schreibt, und wenn man das alles zusammenkocht…
Das iPad schaltet sich nach drei Minuten auf Sparmodus, weil es nicht mehr bedient worden ist, Faust I verblasst auf dem Bildschirm, der noch Piekmanns Fingerabdrücke vom Umblättern trägt, der Polizist träumt sich schnarchend in eine seltsame Welt aus Goethes Quellen, Hitlers Wahnsinn und Wagners irren Gedanken und alles zerfließt zu einem Mix aus Gesichtern, Wortfetzen und neuen Kombinationen von allem. Es ist so vieles noch ungedacht. Es wurde so vieles noch nie geschrieben. »Hoffnungsglück«…

»Hi Mama, treffen wir uns um 10 bei Cornilsen, frühstücken? Ich bring noch jemanden mit, Kuss. Marianne«. SMS zurück. »Geht klar, Kleines. Wen denn? Kuss.« »Hab ich auf der Fähre kennen gelernt, heißt Christine, ist auch allein hier. Etwas ausgeflippt, aber nett. Kuss-Kuss.« »O ja, ich freu mich schon.« »Ich mich auch.« Neue SMS. »Hi Christine. Treffe mich um 10 mit Mama bei Bäcker Cornilsen. Wenn du Lust hast…« »Klar hab ich. Bis dann!« »Alles klar, wir sehen uns.« Garniert sind die SMS mit Smileys und anderen Sympathie signalisierenden Symbolen. Männer hätten anders geschrieben, vielleicht so: »10 00 Cornilsen?« »Ok.« Und alles wäre gesagt. Für Frauen ist Kommunikation etwas Sinnliches, das man pflegen muss. Sätze müssen vollständig sein und schön klingen. Blümchen, lachende Gesichter und Verzierungen machten früher den Empfang eines Briefes, später dann einer Mail und jetzt eben einer SMS zum Vergnügen. Für Männer ist Kommunikation die möglichst kurze und denkbarst unfreundlich klingende Übermittlung von Nachrichten, beschränkt auf die wesentlichen Fakten, so wie im Funkverkehr. Wann und wo reicht, und selbst der nett gemeinte Zusatz, dass man gerne erscheine, wäre unwichtiges Geschwätz. Sprich nur das aus, was gesagt werden muss, das ist männlich. Eine Frau schreibt: »O, das ist aber wirklich mal eine gute Idee, natürlich bin ich dabei und komme gern! Vielen Dank, wir sehen uns!« Smileys, Küsschen, Smileys. Ein Mann schreibt »Ok« und meint das gleiche.

Ein Tisch in der Sonne, Plastikstühle, Kaffee, Brötchen. Marianne, die elegante Oberstudienrätin mit den extrem guten Manieren, die sich immer unter Kontrolle hat und die ihre mit den beginnenden Wechseljahren zunehmenden leicht depressiven Phasen gut vor ihrem Mann, dem Kommissar, zu verbergen weiß.

Imke, die dreimal geschiedene Rentnerin mit viel Lebenserfahrung und für ihr Alter erstaunlich wenigen Fältchen, die mit dem Thema Männer längst abgeschlossen hat: »Gerade weil ich sie kenne«, lächelt sie die anderen beiden vielsagend an.

Und Christine, den jungen Kopf voller Ideale, die bei jedem Schweinesteak mit schlechtem Gewissen an Massenviehhaltung denkt, stets an die falschen Kerle gerät und trotzdem von

der wahren großen Liebe träumt. Wird dieses Wochenende auf Pellworm mit dem gut aussehenden und scheinbar sehr gebildeten jungen Mann, der auch noch einen spannenden Beruf hat und sie hierher einlud, ihr Leben verändern? Ist er vielleicht der Richtige? Er scheint ja die Natur und die Stille zu lieben, denn wäre er sonst hierher… Ach nein, fällt ihr dann ein, er hat hier ja beruflich zu tun und sie beißt sich auf die Lippen, denn er hatte sie noch gebeten, niemandem davon zu erzählen. Das ist doch ein Zeichen, dass er mir vertraut, denkt sie. Imke und Tochter sprechen über Mariannes Handtasche, sehr stylig und trotzdem nobel.
»Hab ich im Outlet-Center in Neumünster entdeckt«, erzählt Marianne gerade. »Von Boss, ganz weiches Leder. Nur 140 Euro, passt alles rein, iPad, iPhone, Schminksachen, einfach alles.« Von 140 Euro lebe ich zwei Wochen, denkt Christine, aber eines Tages wird sie auch so gestylt sein, das neueste Handy und all das andere haben, was man heute einfach haben muss, und sie schaut nicht ganz neidlos auf Mariannes schicke Lederstiefel, die vermutlich noch erheblich teurer waren als die Handtasche, aber auf alt gemacht sind und gerade deshalb so gediegen wirken mit den angedeuteten Reitersporen, die sich wie goldene Ringe um die Fussknöchel winden.
»Mathias war nicht so begeistert, dass ich ihm hinterhergefahren bin«, sagt Marianne und schaut ihre Mutter vorwurfsvoll an, als wenn die etwas dafür könnte. »Man schaut einfach nicht in ihn hinein. Und reden kann man auch nicht mit ihm.«
»Ach Kind: Du musst die Männer so nehmen, wie sie sind! Und du musst dich mit ein paar Tatsachen einfach mal abfinden. Zum Beispiel, dass für Männer immer erst der Beruf kommt und dann die eigene Familie. Zum Beispiel, dass sie nicht viel sprechen mögen. Dass sie ihre Sorgen und Probleme mit sich selber abmachen und sich abschotten, wenn man sie drängelt.

Wenn dir das nicht passt, dann musst du es so machen wie ich und am Ende alleine leben.«

»Ach, du mit deinen Männern. Bist doch immer nur an die falschen geraten, Mama.«

»Also das siehst du falsch. Mit deinem Vater zum Beispiel wäre ich gern zusammen geblieben, aber was will man machen, wenn da eine 30 Jahre Jüngere dazwischen funkt?«

»Na, mit der ist er ja auch nicht glücklich geworden«, stellt Marianne mit einer gewissen Schadenfreude fest. Christine fühlt sich etwas ausgegrenzt, denn so abgeklärt wie die beiden älteren ist sie einfach noch nicht.

»Dass alle Männer genau so sind, glaube ich nicht«, wirft sie ein. »Meiner, also nicht meiner, sondern der, mit dem ich hier bin, der hat mich sogar gefragt, ob ich nicht nachkommen will, obwohl er auch beruflich hier zu tun hat.«

»Was macht er denn, beruflich, meine ich?« Marianne schaut sie neugierig an und Christine hofft, dass sie nicht rot wird beim Lügen:

»Ach, irgendwas im öffentlichen Dienst, Verwaltung oder so.«

»Sag mal, gibt's eigentlich was Neues in dem Fall«, fragt Imke, bemerkt aber sofort Mariannes strafenden Blick, denn nach über 30 Jahren Ehe mit einem Ermittler hat ihre Tochter längst verinnerlicht, dass in Gegenwart von Dritten nicht über die Arbeit von Mathias gesprochen werden darf, und Imke kriegt soeben noch die Kurve: »...in dem Fall von Kindesmisshandlung bei dir in der Klasse, von dem du mir neulich erzählt hast? Meine Tochter ist nämlich Lehrerin am Gymnasium in Flensburg«, erklärt sie Christine, und Marianne sagt:

»Nein, das hat sich in Luft aufgelöst, war ja auch nur ein vager Verdacht.« Dann wechselt sie aber rasch das Thema: »Viel scheinst du über den Typen ja noch nicht zu wissen, Christine. Mann, ich kann immer noch nicht fassen, dass du dich einfach so nach Pellworm hast einladen lassen«, lacht sie, »in meiner Generation wäre das undenkbar gewesen.«

»Na, und in meiner erst mal«, brummt Imke.

»Ach komm, ihr wart auch ganz schön wilde Feger«, erinnert ihre Tochter, »manchmal hab ich das Gefühl, dass ausgerechnet ich in einer total spießigen Zeit aufgewachsen bin. Du warst in den wilden Fünfzigern doch fast so ausgeflippt wie Christine heute.«

»Ich? Ich bin überhaupt nicht ausgeflippt. Ich zieh mich ein bisschen flippig an, aber das ist doch nur Fassade. Nö, ich träum ganz spießig von Mann und Kindern und Reihenhaus, aber die meisten Jungs wollen sich ja heute nicht mehr binden. Jedenfalls hab ich den Richtigen bisher noch nicht getroffen.«

»Oder doch schon, gerade eben«, lacht Imke und dann sind sie wieder bei ihrem Lieblingsthema: »Männer«, sagen alle drei gleichzeitig und schauen dabei hilfesuchend zum Himmel. »Männer.«

Das Warft-Café liegt, wie schon der Name sagt, auf einer Warft im Nordwesten der Insel, und Dopfner ist zu früh dort. Er nimmt einen der Strandkörbe auf der Terrasse, guckt so über die Weiden bis rüber zur Alten Kirche, bestellt sich einen Milchkaffee und ein Stück Torte und freut sich, dass er endlich auch mal einen Pellworm-Tipp für Schwiegermutter hat. Einen Moment erwägt er sogar, im nächsten Sommer Urlaub auf Pellworm zu machen. Marianne und er, ganz alleine, würde das die Ehe nicht nachhaltig beleben? Man würde viel miteinander reden, auch über Themen, die vom Alltag zugeschüttet wurden, man würde lange Spaziergänge am Strand machen und nachmittags hier im Café die Torten genießen. Allein schon die Speisekarte fasziniert ihn. Da wird was von der Insel erzählt, von dieser Warft, von den Besitzern seit dem 17. Jahrhundert und von einem Insel-Sender namens »Radio Pellworm«, der hier im Café, wohl von dem Mann der Wirtin, produziert wird. Ein Café mit Radio-Studio? Dopfner holt sein Handy raus, geht ins Internet auf die Pellworm-Seite und hört über seine Stöpsel im Ohr einen zwar schlichten, aber dennoch lustigen Podcast mit Inselnachrichten und Wissenswertem aus dem nordfriesischen Wattenmeer. Dann schaut er wieder rüber zur Alten Kirche, genießt sein Stück »Rosen-Torte« und schlürft den Milchkaffee.

So eine Warft, das lernt er aus der Speisekarte, ist eigentlich ein Riesenhaufen Schlick. Sie haben das Watt geplündert, daraus Hügel auf dem Land aufgeschichtet und oben drauf ihre Häuser gesetzt. Das hatte natürlich dramatische Konsequenzen: Im Watt entstanden Löcher, Priele und Gräben und die nächste Sturmflut kam mit noch größerer Wucht. Aber wenn sie die Pellwormer Warften aus Schlick angehäuft haben, was muss sich dann finden, wenn man in der Erde gräbt? Dopfner fragt die Wirtin danach und sie erzählt, dass sie beim Graben im Garten tatsächlich auf jede Menge Muschelreste stößt, die hier eigentlich nicht hingehören, denn sie finden sich dicht unter der Oberfläche und nicht tief im Boden, können also kaum von Überflutungen aus der Zeit stammen, als es die Warften noch gar nicht gab. Wie spannend! Und wie sicher stehen Häuser, die buchstäblich auf Schlick gebaut sind? »Das Haus bewegt sich«, erzählt die freundliche Wirtin. »Schon ein Jahr, nachdem wir es total renoviert hatten, waren an vielen Stellen Risse in den Tapeten. Wir haben uns anfangs Sorgen gemacht, aber die Experten sagen: Das ist normal. So ein altes Haus, und unseres ist mindestens 300 Jahre alt, das lebt und schwankt ein bisschen. Es hat eben keinen festen Untergrund.«

Dann erzählt sie noch, dass es kürzlich einen lange Zeit unentdeckten Wasserrohrbruch in ihrem Haus gab, und anhand des gestiegenen Wasserverbrauchs konnten sie und ihr Mann feststellen, dass im Laufe von mehreren Monaten ungefähr 80 Kubikmeter Wasser ausgetreten waren. Natürlich klingelten bei der Versicherung alle Alarmglocken und sie schickten einen Experten, der Probebohrungen vornahm. Wo war diese unglaubliche Menge Wasser geblieben? Sie war schlichtweg versickert und hatte weder das Fundament noch die Hauswände angegriffen. Alles war trocken. Der Schlick hatte 80 Kubikmeter Wasser verschluckt.

Viele alte Pellwormer Häuser stehen einfach so auf Schlick. Bei richtigem Sturm ächzt und stöhnt das Gebälk. Die Lampen schwanken. Auf den Dachboden mag man dann nicht gehen, denn dort fühlt man sich wie auf einem Ozeanriesen im Orkan. Aber die 300 Jahre alten Eichenbalken halten, nichts passiert, außer dass am nächsten Morgen vielleicht ein neuer winziger Riss zu sehen ist. Dopfner macht das neugierig. Was wäre, wenn man auf so einer Warft in die Tiefe bohrt und vielleicht aus vier oder fünf Metern Erdproben ans Tageslicht holt? Ungefähr so hoch ist eine Warft. Man könnte also feststellen, wie alt sie ist. Denn das Haus mag 300 Jahre alt sein: Über das Alter der Warft, also des Hügels, auf dem es steht, sagt das nicht das Geringste aus. Die Warft könnte 500 oder 1000 Jahre oder noch älter sein. Denn schon vor 1000 Jahren haben die Menschen versucht, auf dem heutigen Pellworm der Nordsee Land abzutrotzen und den Sturmfluten zu widerstehen, und es gab, so viel ist überliefert, erst die Warften und dann die Deiche. »Wir hätten schon sehr gerne Proben aus der Tiefe, um mehr über das Alter der Warft zu erfahren«, sagt die Wirtin. »Aber so ein Gerät vom Festland hier auf die Insel zu holen und ein geologisches Gutachten erstellen zu lassen, das kostet fünfstellig.«

Dopfner begreift langsam, wie geheimnisvoll und spannend die Geschichte dieser Insel ist. Er geht ein paar Schritte und findet

überall Spuren der Vergangenheit. Rund um die schattenspendenden Bäume auf der Warft sind uralte Wagenräder aneinander gelehnt, hier steht ein alter, rostiger Pflug, dort hängen alte Schöpfkellen an den Ästen und ein Haufen alter zerbrochener Fliesen liegt lässig hingeworfen zwischen den Büschen, und Dopfner würde wetten, dass diese Fliesen unzerbrochen ziemlich wertvoll wären.
Ein magerer älterer Herr mit einer Goldbrille aus den 70er Jahren auf der scharf gebogenen Hakennase und einem riesigen Sonnenhut auf dem Kopf gesellt sich zu ihm. Der klapprige Rentner ist Platzwart auf der 18 Loch-Minigolfanlage unterhalb des Cafés am Fuße der Warft und hat gerade für einige Minuten seinen überhitzten Arbeitsplatz in der Schlägerausgabebude, die wie ein kleiner Leuchtturm aussieht, verlassen, um hier oben vor dem Café auf einem alten Eichenbalken mit der hineingeschnitzten Inschrift »Ein feste Burg ist unser Gott« zwei Kugeln Schokoladen-Eis mit einer mächtigen Portion Sahne zu verzehren. »Gibt hier das beste Eis auf der Insel«, murmelt er und freut sich: »Ich muss nix fürs Eis bezahlen, weil ich ja den Minigolfplatz mache und manchmal für die Gäste auf der Quetsche spiele.« Dopfner schaut ihn fragend an: »Und sonst kriegen Sie nix für Ihre Arbeit? Nur zwei Kugeln Eis?« »Mhm, genau so ist das. Jeden Tag zwei Kugeln. Aber Sie dürfen die Waffel nicht vergessen. Und die Sahne. Die gibt's noch obendrauf.«
Der kauzige Rentner kann spannend erzählen: Dass es in dem Haus früher einen richtigen Pesel gab, also eine Wohnstube ganz mit Kacheln, so wie der berühmte »Königs-Pesel« auf Hooge, und dass ein Kulturbanause unter den Vorbesitzern des Hauses alles von der Wand abschlagen ließ und die Kachelreste als Untergrund für die Zufahrt verwendete. Was für eine Sünde! Dopfner stellt sich vor, wie viele alte Pellwor-

mer Höfe wohl früher solche Pesel hatten und was für Werte da vernichtet worden sind. Schwiegermutter hat ihm schon oft von diesen Peseln erzählt. Ein Pesel war in den Geesthardenhäusern und Haubargs die »gute Stube«, die nur zu besonderen Anlässen genutzt und im Winter mit einem »Bilegger« beheizt wurde, was auf Hochdeutsch »Beileger« heißt: Ein Ofen zwischen Küche und dem »Döns«, also dem Raum für alle Tage, oder jenem Pesel, stets beheizt von der Küchenseite aus. Geheizt wurde mit Strandholz, Torf oder Kuhdung. Biblische Szenen verzierten die Ofenplatten, und alte Ofenplatten stehen, an den einen oder anderen Busch gelehnt, auch hier auf der Warft vom Café, die, wie der Rentner zu erzählen weiß, den Wirtsleuten von Einheimischen geschenkt wurden. »Im Mittelalter hatten die Bilegger abschraubbare Messingknöpfe«, erzählt er, »man nannte sie Tubben und konnte sich mit ihnen die Hände wärmen. Dann gehörten noch die Stulps dazu. Das waren Messingglocken, die man über die Töpfe stülpte, um das Essen auf dem Ofen warm zu halten.«
Dopfner kann auch etwas beitragen: »Hat nicht die Rendsburger Carlshütte auch eine Rolle gespielt bei der Herstellung dieser Bilegger?« »Genau«, sagt der alte Mann und strahlt, weil er so viel Fachwissen durchaus zu schätzen weiß: »Aber das war ja viel später, um 1827. Die Carlshütte war die erste Hütte in der Region, die gusseiserne Bilegger herstellte. Vorher kamen sie aus dem Harz und aus dem Siegerland, und vor dem 17. Jahrhundert wurden sie natürlich gemauert.«
Dopfner macht einen Gedankensprung, denn eines interessiert ihn: Wenn der Minigolf-Rentner Recht hat, wurde der Bilegger zwischen Küche und Döns oder zwischen Küche und Pesel installiert, richtig? Das hieß doch für die Bauherren, also für die Bauern des 16. Jahrhunderts, dass sie sich entscheiden mussten: Entweder eine warme Stube für alle Tage, eben jenen Döns, mit

einem angenehmen Wohngefühl, glücklichen Kindern und heimeligen Abenden mit Spinnrad und Gesang, oder einen warmen Pesel, die Vorzeige-Stube, wenn zum Beispiel der Bürgermeister zu Besuch kam. Wie haben die sich damals wohl entschieden? Eine durchaus hochaktuelle Frage, denn auch heute planen Menschen ihre Häuser ganz unterschiedlich, manche haben Wohnzimmer, die drei Mal so groß wie die Kinderzimmer sind, während andere den Kindern mehr Platz einräumen und vielleicht das Elternschlafzimmer dafür so klein wie möglich haben möchten. Damals wie heute ist es eine Frage der Prioritäten, wie man sein Haus plant. Döns oder Pesel? Was soll geheizt sein? Warmes Wohnzimmer für alle Tage oder doch lieber ein warmer Vorzeigeraum, um den Wichtigen zu imponieren?
Dopfner stellt sich jenen Nordfriesen vor, der als Pidder Lüng in die Geschichte eingegangen ist und der den Kopf von Henning Pogwisch, dem Amtmann von Tondern, in den kochenden Grünkohl drückte, bis dieser erstickt war. Pogwisch hatte Steuern eintreiben wollen. »Lewwer duad üs Slaav!«, »Lieber tot als Sklave!«, das war ja das Motto der stolzen Bauern, die von jeher steuerfrei ihre kargen Ländereien auf den Inseln und Halligen bewirtschafteten und lieber sterben wollten, als vor der Obrigkeit zu buckeln. »Pidder Ling doch, ehe sie ganz ihn verderben, ruft noch einmal im Leben, im Sterben sein Herrenwort: «Lewwer duad üs Slaav!» Das hat natürlich Liliencron geschrieben, wahrscheinlich sogar auf Pellworm, und Schwiegermutter hat es oft genug rezitiert. Pidder Lüng jedenfalls, so schätzt Dopfner ihn ein, hätte wohl den Döns beheizt und nicht den Pesel. Er sieht einen bärtigen Riesen vor sich, der mit seiner lustig-bezopften Frau mindestens sieben Kinder zeugte, die er über alles liebte und denen er abends Geschichten aus grauer Vorzeit erzählte, der aber zur Obrigkeit ein eher gespaltenes Verhältnis hatte: Wieso hätte der den Pesel beheizen und den Döns kalt

lassen sollen? Seltsam: Wo es noch Pesel gibt, sind sie beheizt gewesen. Die Friesen legten vielleicht doch mehr Wert darauf, dass sie bei vornehmem Besuch etwas hermachen konnten, wer weiß? Und wieso hieß die Stube für alle Tage eigentlich «Döns»? Hat das etwas mit «Gedöns» zu tun, also dem norddeutschen Wort für «unwichtiges Zeug«? Dopfner beschließt, demnächst einmal darauf zu googeln.

Zur Ehrenrettung der ollen Friesen kommt ihm dann noch in den Sinn, dass sich das Alltagsleben früher ja vielleicht in der Küche abspielte. Dann wäre die Küche der »Döns« und die Kinder hätten es warm, und der »Pesel« auf der anderen Seite des »Bileggers« wäre trotzdem beheizt. Aber dann reisst ihn der Wattführer aus seinen Gedanken, während der seltsame dürre Kauz schon wieder unten auf seinem Minigolfplatz steht, die Quetsche umgeschnallt hat und mit einer Zigarette im Mundwinkel »La Paloma« spielt. Der Wattführer biegt etwas unsicher um die Ecke von der Terrasse, winkt kurz dem Quetschespieler zu, der sich mit einer galanten Verbeugung bedankt, sucht nach einem Mann mit Aktenkoffer, schaut Dopfner an und kommt direkt auf ihn zu. »Moin.«

»Dopfner, Kripo«, stellt der Kommissar sich leise vor, denn die Terrasse ist voll. »Setzen Sie sich doch, oder wollen wir ein paar Schritte gehen?«

Lars Andersen schüttelt den Kopf. Mit seinem vollbärtigen Gesicht, in das Wind und Wetter und Salz und reichlich Pharisäer ihre Spuren gegraben haben, kommt er Dopfner ganz nahe, und seine stahlblauen nordfriesischen Augen bohren sich in Dopfners Gehirn. Das ist ein Mann, der nichts zweimal sagt, denkt Dopfner und lächelt ihn ermunternd an. »Sie können echt ganz offen reden, das hier ist kein Verhör.«

Lars Andersen murmelt »Das könnte aber ganz schnell eins werden«, macht eine Denkpause und spricht dann die folgen-

den Worte, wobei er sich bemüht, hochdeutsch zu sprechen: »Mit DNA oder wie das heißt kriegen Sie doch sowieso alles raus. Ich möchte sagen, dass ich mit Svantje zusammen war, bevor sie... Also wir hatten... Im Auto und so, auf dem Parkplatz, da haben wir nachts öfter. Tja, und jetzt ist sie tot.«
Dopfner schaut etwas entgeistert, in seinem Gehirn rattert es: »Herr Andersen. Sie hatten Sex mit Frau Heinsen, unmittelbar bevor sie getötet wurde? Ist es das, was Sie mir sagen wollen?«
»So ungefähr, ja. So könnte man es sagen. Aber ich hab sie nicht umgebracht. Ich bin weg, weil sie total zugedröhnt war und kaum noch sprechen konnte.«
»Tja, dann müssen Sie jetzt mal mitkommen. Das können wir hier im Café wohl nicht zu Ende besprechen.«
Dopfner tastet nach den Handschellen unter seiner Jacke, aber dann fällt ihm ein, dass er hier auf einer Insel ist, und weglaufen geht ja wohl nicht. Er zahlt und fährt mit Lars Andersen Richtung Fähre. Der Wattführer sagt kein Wort mehr. Höhe Nordermitteldeich klingelt Dopfners Handy, Gerichtsmediziner Jörg Kohs ist dran. Kurz vor ihrem Tod hatte die Frau GV, also Geschlechtsverkehr, aber vermutlich einvernehmlich, jedenfalls sind keine Anzeichen von Gewalt erkennbar außer natürlich der Spur vom Tampen am Hals. »Jetzt müsst ihr nur noch herausfinden, mit wem sie Sex hatte«, grinst Kohs ins Telefon, und es ist das allererste Mal, dass nicht er Dopfner überrascht, sondern der ihn. »Hab ich schon erledigt, sitzt neben mir im Auto«, sagt der nämlich ganz cool und drückt auf »Beenden«.

Pellworm ist eine Insel mit Ohren. Das bedeutet: Es passiert eigentlich gar nichts hier mitten im nordfriesischen Wattenmeer, ohne dass es jeder mitkriegt. Dopfner steuert seinen Dienst-Mercedes mit Flensburger Kennzeichen durch die stillen Inselstraßen, die an saftigen Weiden mit schwarzbunten

Kälbern und einigen verstreuten Warften mit kräftig blühenden Heckenrosen vorbeiführen, und schon verbreitet sich das Insel-Gerücht kreisförmig aus: Der Kommissar hat Lars Andersen verhaftet, weil der die Svantje umgebracht hat, und die sind jetzt auf dem Weg zur Fähre. Weiß doch jeder, dass die was mit dem Lars hatte.

Und wie das so ist mit den Gerüchten auf einer Insel wie dieser, werden sie nicht nur kolportiert, sondern auch reichlich ausgeschmückt. Nachrichten sind eine Währung auf der Insel: Wer viel erfährt oder zu wissen glaubt und damit großzügig umgeht, es also möglichst vielen umgehend mitteilt, der darf darauf hoffen, dass er wiederum auch umgehend informiert wird, wenn jemand anders etwas Spannendes erfährt. So hat natürlich jeder ein Interesse daran, sein eigenes Wissen etwas aufzupeppen und wichtiger zu machen und legt schon mal eine Schippe drauf, aber weil das jeder tut, wird aus einem Furz ganz schnell ein Tornado. Auf der einen Seite der Insel hat ein Bauer seiner Frau aus Versehen einen leichten Schlag versetzt? Auf der anderen Seite der Insel hat er sie fast zu Tode geprügelt und der Hubschrauber musste kommen. Ein Gast durfte den Trecker seines Vermieters fahren und hat ihn versehentlich ohne weitere Schäden in einen Graben gesetzt? Herum spricht sich das so: Erst rauschte der Trecker in den Graben, dann ist der Motor explodiert, der Trecker ist ausgebrannt, der Gast lag darunter und in einer Wahnsinns-Aktion konnte er im letzten Moment gerettet werden. Es gibt natürlich auch ständig neue Gerüchte, wer mit wem, wo und wie. Inselkenner und kluge Einheimische streichen deshalb von jeder spektakulären Geschichte, die sie erfahren, erst einmal 80 Prozent ab und vertrauen darauf, dass wenigstens in den verbleibenden 20 Prozent ein Fünkchen Wahrheit enthalten sein könnte. Das ist auch meistens so. Wenig später hat ein mächtig aufgebauschtes Gerücht für einen der Insulaner tödliche Konsequenzen, und das wird dann kein Gerücht mehr sein.

Dopfner fährt noch einen kleinen Umweg zum Westerweg, denn Andersen steht nun unter Tatverdacht, wird mindestens eine Nacht in U-Haft bleiben müssen und darf sich noch schnell ein paar Sachen einpacken wie Zahnbürste und so, wobei Dopfner ihn natürlich nicht aus den Augen lässt.

»Sie leben hier allein?«, fragt er.

»Nö, mit meinem Sohn«, sagt Andersen, »aber der geht in Husum aufs Gymnasium, wohnt unter der Woche mit `nem Kumpel in `ner WG.

»Und Ihre Frau?«

»Ist gestorben vor sechs Monaten.«

Sie schweigen jetzt, und wenig später hat der Wattführer gepackt, sie fahren links aus dem Westerweg raus, am Deich entlang, am Leuchtturm und der Badestelle Süderoog vorbei, um dann rechts in die Straße zum Tiefwasseranleger abzubiegen, die über einen schnurgeraden Damm führt und Dopfner irgendwie an die Landebahn eines Militärflughafens erinnert. Der Damm ist geteert. Sonst nix. Es gibt einen Streifen für Radfahrer und der Blick geht über Salzwiesen mit Schafen übers Watt bis zum Horizont. Was könnte man hier alles machen, um Touristen anzulocken! Dopfner schaut zu Andersen rüber und fängt ein Gespräch an, denn der Mann hat sich ja schließlich selbst gestellt und dem Land Schleswig-Holstein dadurch die Kosten eines Massen-DNA-Testes erspart:

»Ihr könntet eure Touristen wirklich `n büschen netter empfangen. Hier ist ja nix, gar nix. Ich würde gleich die nächste Fähre wieder zurück nehmen«, jetzt lacht Dopfner sogar, »von so'n büschen Budenzauber zum Willkommen hält man hier wohl nichts? Vielleicht `ne Lorenbahn, wie sie zu den Halligen fährt oder wenigstens `ne Kutsche, aber hier ist ja – nix, nix, nix!«

Andersen grinst nun auch. »Müssen Sie mal dem Bürgermeister erzählen«, sagt er und denkt einen Moment nach, bevor er Dopfner ein Geheimnis verrät:
»Wissen Sie«, sagt er, »wenn ich Langeweile habe, schreib ich so Spottlieder auf Pellworm, und eine Strophe, nä, also die handelt tatsächlich von dieser Straße.« Er singt auf die Melodie von »Eine Seefahrt, die ist lustig« dies:
»Was Sie seh`n, ist nicht die Startbahn von dem Airport Frankfurt/Main, sondern diese hübsche Straße führt direkt ins Zentrum rein. Hollahi, hollaho-ho-ho, holla-hijahijahijahollaho!«
Dopfner muss jetzt richtig lachen und denkt, der Typ wäre mein erster Mörder, der bei seiner eigenen Festnahme selbst getextete Lieder singt, aber andererseits passiert ja alles irgendwann zum ersten Mal. Das wird er jedenfalls Marianne und Schwiegermutter erzählen, wenn er die beiden überhaupt noch zu sehen bekommt. Er stoppt den Wagen auf der rechten Spur vor der Fähre, sie sind zu früh und die ersten, und Andersen darf die Beifahrertür aufmachen, damit etwas Luft ins Auto kommt.
Der Tiefwasseranleger, wie die Insulaner den Bereich um die Abfahrtsstelle der Fähre nach Nordstrand nennen, hat tatsächlich den Charme eines Militärflughafens, nämlich gar keinen. Ankommende Gäste werden nicht nett begrüßt, abfahrende Gäste werden nicht nett verabschiedet. Es gibt einen schmucklosen containerähnlichen Klotz, in dem angelieferte Waren zwischengelagert werden können, ein trostloses Wartehäuschen, dessen Aschenbecher nur selten geleert wird und eine aus schwarzem Asphalt aufgeschüttete grässliche Warft, auf der sich ein hässliches Haus mit dem Büro der Fährgesellschaft und eine kleine Gastronomie befinden. Wenn man bedenkt, dass man von der Terrasse einen 360 Grad-Rundumblick auf die Nordsee hat, dann fragt man sich verzweifelt: Wie geil ist das denn hier, und wie wenig macht die Insel aus dieser Chance? Warum

erkennt niemand das unglaubliche Potenzial dieser einmaligen Location?
Entlang der gesamten Nordseeküste gibt es kaum einen Ort, der Touristen so magisch anziehen könnte wie dieser. Vergleichbar ist er der Sylter Uwe-Düne, nur dass diese von der Natur erschaffen wurde und nicht zementiert ist. Für einen Rundum-Blick auf die See würden –zig Tausende nach Pellworm übersetzen. Hier kannst du die Sonne bei Flut aufgehen sehen, du kannst das Wasser mittags weichend fotografieren, das Watt, und wenn das Wasser wiederkommt, dann sinkt die Sonne im Westen, und du hast dein Stativ nicht einmal einfahren müssen. Wie aus dem Flieger im Landeanflug hast du eine Perspektive, von der die Welt träumt. Krabbenkutter gleiten träge durchs glitzernde Wasser, Enten watscheln im glänzenden Schlick, Graugänse fallen in saftige Salzwiesen ein und Möwen umkreisen den Turm wie wachsame Wächter. Dies hier könnte »die« Attraktion an der Nordseeküste sein für alle, denen Sylt zu mondän, Amrum zu voll und Föhr zu angesagt ist.
»Aber Pellworm«, sagt der Kommissar so vor sich hin, »Pellworm muss doch auch mal den Anschluss kriegen. Keine Bausünden oder so, keine Hochhäuser, aber diese Location hier: Was könnte man daraus machen.«
Der Wattführer grinst und nickt. »Tja. Ist wohl so.«
»Sagen Sie mal«, der Kommissar denkt gerade an die alten Kacheln und den Minigolf-Platzwart, »warum heißt der Königspesel auf Hallig Hooge eigentlich Königspesel? Ich meine: Als Wattführer müssen Sie das doch wissen…«
Während sich die »Pellworm 1« langsam dem Tiefwasseranleger nähert, bekommt der Kommissar eine recht aufschlussreiche Vorlesung in Sachen Halligkunde. Hätte nicht gedacht, dass dieser schweigsame Kerl so redselig werden kann, denkt er, hütet sich aber, den Vortrag zu unterbrechen. 10 Warften

hat Hooge und keinen Deich, nur einen ungefähr 1,20 m hohen Steinwall. Zwei- bis fünfmal jährlich ist »Land unter«. Als der Wasserspiegel am Ende der Eiszeit um mehr als 30 Meter stieg, ging das Land rundum verloren. Nur Hooge guckte noch raus.

»Zuerst schauen sich die Touristen die Hanswarft an«, erzählt Andersen. »Da ist das Museum drauf und eben auch der Königspesel. Ach so, zu Ihrer Frage: Im Juli 1825 hat hier mal der dänische König Friedrich VI. übernachten müssen, weil er wegen einer Sturmflut nicht mehr aufs Festland zurück kam, und da hat der Pesel seinen Namen her. Dann gibt es noch die Backenswarft mit dem Friesenpesel, wo man auch hübsche flämische Kacheln begucken kann, die Kirchwarft mit der Kirche, die Ockelütz- und die Ockenswarft, die Volkertswarft und so weiter.«

»Und wie viele Leute leben da fest?«

»Um die 80, aber es werden immer weniger. Vor 100 Jahren waren es noch 140. Da ist ganz schön was los, wenn die Touristen übersetzen und zweimal im Jahr sowieso: Beim Trachtensommer und bei den Ringelganstagen. Dann kriegt man auf Hooge keinen Fuß vor den anderen, so voll ist es da, aber auch sonst hat Hooge die meisten Tagesgäste von allen Halligen.«

»Und wovon leben die Leute da?«

»70 Prozent macht der Tourismus aus. Viele vermieten Zimmer an Feriengäste. Richtige Bauern gibt es nur noch einen, aber der hat nicht genug Vieh für seine Weiden, und deshalb kommt im Sommer viel Gastvieh vom Festland rüber.«

»Mit der Fähre, oder was?«

»Jau, auf Hooge legen sie alle an, von Langeneß, Amrum, Nordstrand, Föhr, Sylt, von Pellworm aus fahren die Hellmanns rüber, aber die Autofähre, die kommt von Schlüttsiel.«

»Und haben die auch so was Bedeutendes wie Pellworm mit der Arp-Schnitger-Orgel in der Alten Kirche?«

»Och, nö, so eine Orgel haben sie nicht, die auf Hooge ist erst von 1959. Als sie eingebaut werden sollte, war Eisgang, da haben sie die Orgel zerlegt und mit dem Helikopter rüber geflogen. Voll abgefahren, oder? Aber zum Beispiel haben sie die Walfischtür von 1743, durch die der Pfarrer geht, wenn er auf die Kanzel will. Zeigt eine Walfischkuh mit ihrem Kalb, eine tolle Schnitzerei. Müssen Sie mal hin! Gibt auch sonst viele Geschichten. Seltsam ist zum Beispiel, dass die Kirche auf Hooge erst 1637 geweiht worden ist, aber auf einer Bank im Kirchenschiff hinten links ist 1624 eingeschnitzt. Komisch, oder? Liegt wahrscheinlich daran, dass die Kirche von Osterwohld auf der früheren Insel Strand 1634 bei der großen Flut weggeschwommen ist, und was man von der versunkenen Kirche noch im Schlick gefunden hat, das wurde dann auf andere Kirchen verteilt. Backsteine und Kanzel von der Kirche auf Hooge sollen auch Reste von der Osterwohlder Kirche sein. Aber wissen Sie, irgendwie waren die Hooger schon immer ziemlich arrogant. Oder kennen Sie eine Gemeinde, wo das Pfarrhaus größer ist als die Kirche? Sehen Sie. Auf Hooge ist das so.«
»Und Friedrich VI. musste da übernachten.«
»Jau, und sie haben ihm ein Modellschiff geschenkt, also so als Gastgeschenk, und der König hat gesagt: Das ist so schön, das soll hier bleiben, und er hat es nicht mitgenommen, und es hängt heute noch in der Kirche. Find ich gut, irgendwie: Ich meine, das ist doch eine besondere Wertschätzung, wenn man jemandem etwas schenkt und der sagt, weißt du was, das finde ich so wertvoll, dass ich es nicht mitnehme. Oder? Wie finden Sie das? Krank oder gut? Beleidigung oder höchstes Lob?«
»Muss ich drüber nachdenken«, sagt Dopfner und hängt noch dran: »Zumindest sehr ungewöhnlich.«
Friedrich VI, auch das weiß der Wattführer zu erzählen, war ein sehr freundlicher König. Mit 16 kam er auf den Thron. Vater

war geistesgestört, Friedrich sprang als »Kronprinzregent« ein. Hat die Leibeigenschaft der Bauern beendet und Dänemark politisch und wirtschaftlich aufblühen lassen. Dann kam aber der Stress mit Napoleon, einige Kriege gegen die Engländer hat er nicht gewonnen, schließlich Norwegen an Schweden abgeben müssen und dafür Grönland, Island und die Färöer behalten dürfen, und nach 55 Jahren auf dem Thron ist er dann 1839 gestorben. Vater von acht Kindern war er, von denen aber fast alle früh gestorben sind, dazu hatte er noch vier weitere von seiner langjährigen Mätresse Frederikke Dannemand.

»Was aus der geworden ist, weiß ich aber nicht«, bedauert Andersen, als hätte er sie in einem früheren Leben persönlich gekannt.

»Wenn ich mal nach Hooge komme, kann ich ja gleich als Fremdenführer anfangen, so viel, wie ich jetzt schon weiß«, lacht Dopfner und Andersens stahlblaue Augen blitzen ihn an: »Jau, aber dann müssen Sie auch dazusagen, dass Sie alles von einem Mordverdächtigen gelernt haben. Versprochen?«

»Versprochen.« Und: Nee, denkt der Kommissar: So quatscht kein Mörder, echt nicht. Andererseits… Er hatte Sex mit der Toten. Unmittelbar, bevor sie ermordet wurde. Nüchtern waren wohl beide nicht. Ein geheimnisvoller Dritter ist bisher nicht in Sicht. Und wer sagt denn, dass dieser Wattführer nicht ein begnadeter Schauspieler ist, so cool, wie der sich gibt? Er ist weder dumm noch redefaul, ein ganz Ausgeschlafener offenbar. Wickelt der dich gerade um den Finger?

Die Geschichte mit dem König und dem Schiff beschäftigt ihn noch einen Moment. Da steckt doch irgendwie mehr dahinter. Ist es wirklich die höchste Anerkennung für ein Geschenk, wenn man es ablehnt, weil es zu schön ist, um angenommen zu werden? Wie hätte sich zum Beispiel Jesus verhalten? Nur, um die Messlatte mal ganz hoch anzusetzen. Dem haben sie doch bestimmt auch viel geschenkt. Hat der das alles eingesackt und mitgenommen, vielleicht sogar verscherbelt? Wohl nicht. Hat er die Geschenke also gehortet? Aber wo denn? Der ist doch immer herum gereist. Hat er nur etwas geschenkt bekommen, was gleich essbar war? Und das dann mit den Armen geteilt? Glaube ich nicht. Die haben ihm bestimmt auch viel Güldenes in die Hände gedrückt, und so viel ablehnen konnte er gar nicht, wie er bekommen hat. Schließlich war er ja ein Guru, ein Hero, ein Heilsbringer. Zumindest die Leute, die er mal eben von der einen oder anderen Krankheit geheilt hat, zeigten sich doch bestimmt erkenntlich. Die Bibel verrät natürlich nicht, was Jesus mit seinen Geschenken gemacht hat.

Der Papst bekommt auch viel geschenkt. Da gibt es aber Regeln. Er muss den Kram irgendwo abgeben und das wird dann ausgestellt, also man kann besichtigen, was der so gekriegt hat. Bei Staatsoberhäuptern ist es auch geregelt. Behalten dürfen sie nix. Christian Wulff hat ja mal einen Bobby-Car für seinen kleinen Sohn angenommen und das gab eine Riesen-Staatsaffäre, »Bobby-Gate« hat die Presse das genannt. Ging hinterher zwar aus wie das Hornberger Schießen, aber erst mal stand es im Raum. Aber das war irgendwie etwas anderes, denn es handelte sich um kein offizielles Geschenk von einem anderen Präsidenten.

Nein, Dopfner: Du schweifst vom Thema ab. Die Frage ist, ob das Annehmen eines Geschenkes egoistisch und somit unmoralisch ist. Sich etwas anzueignen, bedeutet ja, es jemandem zu Gunsten des eigenen Besitzstandes wegzunehmen. Man bereichert sich. Dass einem das Geschenk angeboten, vielleicht sogar aufgedrängt wurde, darf bei der objektiven Betrachtung dieses Übereignungsvorganges keine Rolle spielen. Eigentlich darf man sich nichts schenken lassen. Aber was ist dann mit Weihnachten und den Geburtstagen? Schenken macht doch auch dem Schenkenden Freude! Wahrscheinlich wären die Hooger Bürger sehr stolz gewesen, wenn ihr Modellschiff es bis auf den dänischen Königshof geschafft hätte. Selbst, wenn es in irgend einem Hinterzimmer verstaubt wäre. Nun kommt da der König nach Hooge, kriegt das Schiff geschenkt und sagt: Das ist so schön, dass ich es hier lasse? Da waren die Hooger wahrscheinlich tierisch enttäuscht und hatten überhaupt kein Verständnis. Womöglich haben sie noch gezweifelt, ob ihr Geschenk gut genug für den König war. Hat er es für unter seiner Würde gehalten, das Modellschiff mitzunehmen? Wie peinlich. Das hat sich wahrscheinlich auf den Inseln herumgesprochen: Die arroganten Bauern auf Hooge haben dem König was geschenkt, aber der hat es abgelehnt. Ha-ha-ha. Dopfner sagt einen Satz, der für den Wattführer wahrscheinlich zu hoch ist:

»Das Beste wollen heißt manchmal Schlechtes tun.« Er sagt das einfach so dahin Und schon wieder verblüfft ihn Andersen mit seiner spontanen Antwort:

»Genau. Der König wollte die Hooger ehren, aber eigentlich hat er sie vor den Kopf gestoßen. Das meinten Sie doch gerade, oder? Hab doch gemerkt, wie das in ihrem Kopf arbeitet«, er zeigt dabei auf seine eigene Stirn.

»Ja«, sagt der Kommissar. Auf den Salzwiesen rund um den Fähranleger haben sich Hunderte Graugänse niedergelassen, während die beiden Männer über die Frage diskutiert haben, ob das Ablehnen eines Geschenkes aus Hochachtung eine Ehre oder eine Beleidigung für den Schenkenden sei. Unmöglich, die Gänse zu zählen. Sie schreien wild durcheinander.

»Warum machen Graugänse bloß immer so einen Lärm«, sagt Dopfner leise vor sich hin, und der Wattführer hat auch darauf eine erschöpfende Antwort:

»Das sind sehr familienbewusste Tiere. Die Partnerschaften halten meistens lebenslang, und mit ihren Jungen leben sie ein, zwei Jahre zusammen, bis die selber eine Familie gründen. In diesen großen Schwärmen, die sie vor allem auch aus Sicherheitsgründen bilden, denn je mehr sie sind, desto besser sind sie geschützt, verlieren sich die Familien aber leicht. Das ständige Rufen bringt sie wieder zu einander, verstehen Sie? Die hören ihre Kinder und Partner aus Hunderten von anderen Gänsestimmen heraus, und deshalb schreien sie alle wie verrückt, und zwar Tag und Nacht, außer natürlich, wenn sie schlafen. Dann nicht.«

»Wo lernt man so viel über die Geschichte und die Natur?«

»Och, das liest man sich so an, und außerdem ist meine Familie schon seit vielen Generationen hier. Mein Großvater zum Beispiel ist auf Pellworm geboren und hat die Insel sein ganzes Leben nicht einmal verlassen, und der ist über 90 geworden. Der hat mir auch viel beigebracht.«

»Niemals im Leben aufs Festland?« »Nö.«

»Und wenn er mal zum Zahnarzt musste?«

»Damals war das noch nicht so wie heute. Am Ende hatte er keine Zähne, da brauchte er auch keinen Zahnarzt mehr. Und früher hatten sie ja auch mehr Naturmittelchen, die sie selber gemixt haben, vieles davon kam hier aus den Salzwiesen. Sehr nahrhaft, der Boden, und manch eine heute unbekannte Heilpflanze ist darunter.«

Dopfner schüttelt den Kopf und schaut den Wattführer ungläubig an. 90 Jahre auf Pellworm und nicht ein einziges Mal auf dem Festland gewesen? Was bedeutet das wohl für den geistigen Horizont? Aber wie arrogant du doch bist, widerspricht er dann seiner eigenen Frage. Wieso setzt du ganz selbstverständlich voraus, dass jemand, der die weite Welt kennt, am Ende klüger ist als jemand, der sich auf seinen Mikrokosmos beschränkt?

»Man kann viel erleben und trotzdem nichts begreifen«, sagt der Wattführer nachdenklich, als hätte er die Gedanken des Kommissars gelesen. Dopfner nickt. »Wissen Sie«, spricht der Mann von der Insel weiter, »ich dichte nicht nur, ich lese manchmal auch Gedichte. Hören Sie das mal«, und er rezitiert: »Habe nun, ach! Philosophie, Juristerei und Medizin und leider auch Theologie durchaus studiert, mit heißem Bemühn. Da steh ich nun, ich armer Tor! Und bin so klug als wie zuvor. Heiße Magister, heiße Doktor gar und ziehe schon an die zehen Jahr herauf, herab und quer und krumm meine Schüler an der Nase herum. Und sehe, dass wir nichts wissen können! Das will mir schier das Herz verbrennen. Na, woraus ist das?«

»Keine Ahnung«, brummt Dopfner. »Klingt aber gut und passt ja genau zu unserem Thema, oder?«

Der Wattführer nickt. »Goethes Faust, Teil I. Der Alte sitzt in seiner Stube, denkt an Selbstmord, hat die Flasche mit dem Gift schon im Visier und zieht noch mal so'ne Art Lebensbilanz. Vernichtend für ihn. Dabei hat er gleich viermal studiert: Philosophie, Jura, Medizin, und Theologe ist er auch noch. Aber «da steh ich nun, ich armer Tor und bin so klug als wie zuvor» haben Sie doch bestimmt schon mal gehört, oder?«

»Jaja, klar, aber wusste nicht, von wem und so.«

Der Wattführer schaut ihn von der Seite an und Dopfner fühlt sich ertappt. Verdammt, bei Piekmann gibt er immer den großen Erklärer, der von allem etwas weiß, und ausgerechnet auf dieser Insel verblüfft ihn ein einheimischer Mordverdächtiger mit großer Literatur? Piekmann muss ja nicht alles erfahren. Der Wattführer sagt:

»Tja, dann ist das wohl so«, lässt die Rückenlehne nach hinten fahren, zieht sich die Mütze über die Augen und sagt erst einmal nichts mehr. Er wird nie wieder etwas sagen. Es sollen seine letzten Worte sein: »Tja, dann ist das wohl so.«

Zu diesem Zeitpunkt hat bei Malte Heinsen, der gerade seine Frau verloren hat, schon 17 mal das Telefon geklingelt, und 17 Leute haben ihm die absolut exklusive Nachricht übermittelt, dass die Kripo Lars Andersen verhaftet hat und mit ihm auf dem Weg zur Fähre ist. Die Nachricht hat inzwischen seltsame Blüten getrieben. Der eine weiß genau, dass man in Andersens Haus bizarre Folterwerkzeuge gefunden hat, der andere erzählt dem Witwer von Sexspielen mit Latexanzügen und Gasmasken, wieder ein anderer weiß zu berichten, dass Andersen nichts nachgewiesen werden kann, obwohl er eindeutig der Killer ist und dass er morgen wieder rauskommt. 17 Anrufe ist aber eigentlich untertrieben, denn ab Anruf Nr. 18 ist Heinsen nicht mehr rangegangen und es hat ungefähr noch 20 mal geklingelt. »Malte und Svantje Heinsen, Nachrichten nach dem Signalton«, und es ist doch seltsam, woran man so denkt in dieser beschissenen Lage: Du musst die Ansage auf dem AB wechseln. Machst du am besten gleich nachher.
Aber Malte hat einen anderen Plan, das heißt: Ein Plan ist es eigentlich nicht, es ist so, als wenn er eine Marionette ist und irgend jemand die Fäden zieht, jedenfalls sitzt er plötzlich in seinem Auto, sieht sich am Hafen an Bord von seinem Kutter, der von der Polizei wieder freigegeben ist, schnappt sich das Riesending, lädt durch, fährt, nein, rast Richtung Fähre und dann ist es eben passiert.
Hinter Dopfners Auto hält ein weiteres Fahrzeug. Das wäre kurz vor Abfahrt nicht ungewöhnlich, wenn das Auto ihnen nicht mit voller Pulle hinten reinfahren würde. Es kracht, Dopfner knallt mit dem Kopf erst voll nach hinten und dann nach vorn aufs Lenkrad, blutet irgendwie, steigt aus, sieht den Fahrer mit einem mörderischen Abschussgerät in der Hand auf die Beifahrerseite laufen, kann nichts mehr tun, sieht nichts wegen dem Blut in den Augen, und dann knallt es dermaßen mörderisch, dass er

einen Moment gar nichts hört, und sein Dienstwagen von innen ist für einen Moment tief flammend-rot, während der Typ, den er erst heute morgen wegen des Todes seiner Frau besucht und vernommen hat, wie von Sinnen zu seinem Auto zurück rennt, die zerbeulte Karre wendet und Richtung Insel die Startbahn vom Airport Frankfurt/Main zurück rast.

Dopfner wankt um seinen Dienstwagen herum und schaut auf Wattführer Andersen, in dessen Brust ein frisch gebranntes Riesenloch von einer Seenotrettungsrakete vor sich hin glüht und immer noch mehr Haut unter dem weggekokelten Stoff von dem blau-weißen Oberhemd frisst. Der Schuss ist mitten durchs Herz. Andersen schaut irgendwie ratlos, aber jedenfalls tot. Es riecht nach verbranntem Menschenfleisch. Der Dienstwagen kokelt. Dopfner nimmt das Handy und ruft Piekmann an. Aber irgendwie ist es ein Witz, auf einer Insel wie dieser eine Ringfahndung zu machen. Ringfahndung mit welchen Leuten? Straßen dichtmachen? Auf Pellworm? Soll der einzige Inselpolizist einen Ring bilden? Eigentlich – muss man nur warten. O Scheiße. Eben hat er mir noch was von Goethe vorgetragen, und jetzt ist er tot. Ich muss einen Bericht schreiben. Der war doch in meinem Gewahrsam. Einfach so tot. Friedrich VI. Hooge. Bank mit Jahreszahl. Backsteine aus der Flut. Warften. Modellschiff, nicht mitgenommen. Kirche. Mätresse. Jede Menge Kinder. Napoleon. Tot. Goethe. Faust. Alle tot. Spuren sichern. Aber womit? Zeuge, du bist Zeuge. Hat das noch jemand gesehen? Nein. Oder? Wo bleibt Piekmann? Dopfner streift sich routinemäßig Einmalhandschuhe über und schließt die ratlostoten Augen des Wattführers, der nie wieder jemanden durchs Watt führen wird, der lustige Gedichte schrieb und die tollsten Geschichten kannte und nun Opfer von blanker Selbstjustiz durch die Hand des Witwers einer ermordeten Frau wurde. Mann, was für eine Insel.

Lange warten muss der Kommissar nicht, denn das Schrottauto mit dem Mörder, der gleichzeitig Witwer ist, fährt mit quietschenden Reifen, die qualmend auf den verbeulten Kotflügeln scheuern, bis knapp vor den Deich mit der Flutschutzmauer vor Dörtes Gasthof, wendet auf dem Teller, rast zurück Richtung Tiefwasseranleger und schießt wie eine Rakete an den auf die Fähre wartenden Autos, dem Kripo-Fahrzeug und dem Notarztwagen von Inselarzt Dr. Lange, der seine vergeblichen Wiederbelebungsversuche rasch aufgegeben hat, vorbei und es kann ihn keiner stoppen, es kriegt auch gar keiner so richtig mit außer Dopfner, der fassungslos zuschaut, wie das Auto mit dem Mann, der soeben seinen Tatverdächtigen mit einer Seenotrettungsrakete erschossen hat, mit geschätzten 160 km/h am Anleger die Ketten durchbricht, halb abhebt, in die Luft fliegt und dann auf die See platscht, dort einen bizarren Moment zu schwimmen scheint, bevor es, Schnauze zuerst, untergeht und mit blubbernden Blasen das Ende des Witwers und Mörders Malte Heinsen ankündigt. Es sind ungefähr 10 Meter von der Kaimauer bis zum sinkenden Auto, und weder der Kommissar noch der Notarzt zögern eine Sekunde: Klamotten aus, rein springen, tauchen.

Das würde jeder hier machen auf Pellworm. Es sind nicht die einfachsten Menschen, die hier leben, Neid und Missgunst trifft man auf jeder dieser Inseln und Halligen im nordfriesischen Wattenmeer häufiger als Gönnen und Mitfreuen, aber wenn es brennt oder wenn sonst jemand in Gefahr ist, dann sind sie alle da. Alle.

Das war auch so, als Mitte des 19. Jahrhunderts die Deutsche Gesellschaft zur Rettung Schiffbrüchiger gegründet wurde. Es hatte lange gedauert, bis es soweit war. Den Ausschlag gab dann der Verlust des Auswandererschiffes »Johanna«, das vor Ostfriesland unterging und 80 Todesopfer forderte, darunter

viele Frauen und Kinder. Die Gesellschaft wurde 1865 gegründet und ausgerechnet die Insulaner und die Männer von den Halligen, die seit Jahrhunderten nicht ganz zu Unrecht den Ruf hatten, Strand- und Seeräuber zu sein und denen ein havariertes Schiff stets willkommen war, weil sie nämlich auf Beute aus waren, genau diese Insulaner und Halligbewohner meldeten sich zu Hauf, um aktives Mitglied der neuen Gesellschaft zur Rettung Schiffbrüchiger zu werden. Eine Station nach der anderen wurde eröffnet, und schon 1910 gab es 129 Stationen an Nord- und Ostsee. Alles nur aus privater Initiative heraus, ursprünglich mal von Hamburger und Bremer Kaufleuten ins Leben gerufen, heute unverzichtbar und nicht mehr wegzudenken von der deutschen Küste.
Aber manchmal ist zu wenig Zeit, um die Retter zu alarmieren. Dieses Mal sind sie nur zu zweit. Der Kommissar und der Arzt. Das heißt, sie sind jetzt zu dritt. Die Fähre legt soeben an. Der Mann am Ruder ahnt nicht, was hier gerade passiert ist. Er hat den toten Winkel. Aber die Fahrgäste, die Einheimischen und die Touristen, die schon bereit stehen, um gleich als erste an Land zu gehen, die haben es sehr wohl gesehen.
Ein schwarzer Schatten fliegt durch die Luft. Eine Frau ist über die Reling der Fähre gesprungen und taucht mit. Taucht in die Nordsee, kommt hoch, holt Luft, geht wieder runter. Genau so wie der Arzt und der Kommissar. Drei, vier, fünfmal. Nix. Ihre langen blonden Haare kleben am Kopf, sie kann nicht mehr, aber sie geht noch ein-, zweimal runter, als Dr. Lange und der Kommissar schon aufgeben.
Es kommt jetzt auch noch die Strömung dazu, das Wasser läuft ab in Richtung Heverstrom, sie können kaum dagegen an. Harmlos erscheint der Heverstrom, wenn das Wasser steht, also kurz vorm Tidenwechsel. Wild und lebensgefährlich wird er für Schwimmer, wenn das Wasser richtig auf- oder abläuft und der

Wind die Strömung noch unterstützt. Den Husumer Hafen verbindet der Heverstrom mit der offenen See, teilt sich vor Südfall, der nördliche Arm dann noch einmal bei Nordstrandischmoor in viele kleine Kanäle, Rinnsäle und Bäche, entstanden ist er, Norderhever genannt, erst 1634 bei der Burchardflut, und jetzt kämpfen die Drei im Wasser gegen Strömung und Erschöpfung, der Arzt und der Kommissar und die unbekannte Frau. Menschen auf der Kaimauer, staunende Gestalten, Touristen, Einheimische, Zeugen eines Mordes und eines Selbstmordes, dazwischen erkennt der Inselarzt auch Sven Andersen, den Sohn des Wattführers, und er denkt, du musst den Jungen hier wegholen und schwimmt mit letzter Kraft an Land, denn dahinten in dem Auto liegt immer noch die Leiche von Svens Vater mit dem großen blutroten Loch von der schrecklichen Seenotrettungsrakete in der Brust, und das ist für den Jungen nun wirklich nicht gut.

Und da sage noch einmal jemand, auf Pellworm sei nix los. Da sitzt ein Toter mit einem qualmenden Loch in der Brust am Tiefwasseranleger im Kripowagen und sein Sohn kriegt das voll mit, da schwimmt ein zweiter Toter in der still vor sich hin rauschenden See und treibt gerade mit der Strömung Richtung Strucklahnungshörn, und eine Pellwormer Fischersfrau wird in der Kieler Gerichtsmedizin in eines dieser blanken stählernen Kühlfächer für tote Menschen geschoben, die man aus dem Fernsehen kennt. Es gibt sie wirklich. Und sie sehen auch genau so aus wie im Fernsehen. Nur dass hier der Gerichtsmediziner nicht Quinzy, sondern Jörg Kohs heißt, und der ahnt noch nicht, dass er demnächst zwei weitere Leichen von Pellworm kriegt. Er wäscht sich die Hände und sagt zu seinem Assistenten: »Die Alte hatte eine Leber wie ein Seebär. Naja, die Leber wächst mit ihren Aufgaben, ha-ha-ha.«

Der Assistent, humorlos wie immer, murmelt vor sich hin: »Leber wandelt Alkohol in Acetaldehyd um, Aldehyddehydrogenase verstoffwechselt Acetaldehyd zu Acetat. Schafft Leber das nicht, wird sie fett.« »Ja«, gähnt Kohs, »lass uns einen trinken gehen.«

Auf dem Pellwormer Tiefwasseranlager, den die drei über die rutschige glitschige Treppe erreichen, die eigentlich für den Krankentransport auf den Seenotrettungskreuzer gedacht ist, holen der Arzt, der Kommissar und die blonde Unbekannte erst einmal Luft.
»Wer sind Sie denn?«, fragt Dopfner, »ich bin von der Kripo«, und die Frau sagt klatschnass und total außer Atem:
»Marion Dorn, ich war hier früher Lehrerin, was ist hier denn passiert? Das war doch das Auto vom Heinsen? War das ein Unfall, oder was? Ich hab das von der Fähre gesehen, wie der da rein gerast ist.«
»War gut«, sagt Dopfner, »wie Sie da von der Fähre runter gesprungen sind. Gute Nummer.« Und er schaut irgendwie auch auf ihr T-Shirt, das ja total nass ist, und Marion Dorn entgeht das natürlich nicht.
»Zahlt der Staat vielleicht mein Handy?«, schimpft sie und schaut auf ihr versautes Display, »Scheiße, neues iPhone, im Arsch!« Gute Frau, denkt Dopfner. Und ob der Staat ihr Handy ersetzt, muss ich noch mal persönlich mit ihr diskutieren, aber das hat Zeit. Marion Dorn. Hmmm.

»Piekmann, wir haben ein Problem«, sagt Dopfner, der mit seinem Assistenten den zweiten Tatort, der ja gleichzeitig der dritte ist, nämlich der des Suizides, mal kurz verlassen hat und jetzt mit einer Kugel Eis von Bäcker Cornilsen in Tammensiel auf der Treppe von Hauke Martensens Souvenirladen hockt,

»wir hatten einen schönen Mord und zwei Verdächtige, nämlich den Wattführer und den Ehemann, der hatte ja Motive genug«, »Jau, Eifersucht zum Beispiel«, wirft Piekmann ein, »genau«, stimmt Dopfner ihm zu, »außerdem, denken Sie an den Tampen, der stammt ja schließlich von Heinsen seinem Kutter. Den hätten wir schon weich geklopft, bis er was erzählt. Aber jetzt isser tot.«
»Ja, und der zweite hätte wohl auch geredet. War der letzte, der sie lebend gesehen hat, war obendrein noch ihr Liebhaber, und wer weiß, ob sie ihn nicht irgendwie unter Druck gesetzt hat oder ausgelacht oder beleidigt oder was weiß ich. Haben sie den Ehemann eigentlich schon rausgefischt?«
Dopfner schüttelt den Kopf. »Nee, die haben jetzt ein Boot mit Sonar angefordert, das kommt aus Kiel, kann dauern, erst durch den Kanal, dann hier die Küste rauf. Unglaublich, wie schnell so ein Auto abtreibt.« Piekmann nickt: »Letztes Jahr ist hier schon mal einer rein mit dem Auto, den haben sie auch erst mit Sonar gefunden. War fast `nen Kilometer abgetrieben.«
Tammensiel, die kleine Einkaufsmeile, ist auch heute fast ausgestorben. »Die Leute parken jetzt unten«, sagt Dopfner, »weil dort der Eingang vom neuen Supermarkt ist. Hier herauf kommen sie nicht mehr. Das ist Psychologie, verstehen Sie? Die Menschen gehen nicht gerne von unten nach oben. Die meisten fahren gleich weg. Läge der Parkplatz aber oberhalb der Meile, würden sie gern noch ein paar Stufen herunter steigen, um hier etwas zu erleben.«
Piekmann kennt diese Studie natürlich. Sie bezieht sich aber, wie er weiß, eigentlich auf die Eingänge von Restaurants: Es ist wissenschaftlich erwiesen, dass Menschen nicht gerne zu einem Restaurant Stufen hinaufsteigen, sondern sie entscheiden sich eher für ebenerdige Eingangsbereiche oder solche, zu denen man abwärts geht. Aber seinem Prinzip treu bleibend,

korrigiert er seinen Chef auch dieses Mal nicht, sondern macht große, ungläubige Augen: »Ist das wirklich so? Sind doch nur ein paar Meter zwischen dem Parkplatz und der Meile hier!«
»Jaja«, doziert Dopfner ungeduldig, »glauben Sie mir das, Piekmann. Keiner latscht gerne aufwärts, wenn die frischen Erdbeeren schon im Kofferraum vor sich hin schwitzen. Da muss man den Leuten schon etwas wirklich Attraktives bieten. Waren Sie eigentlich schon mal in St. Peter-Ording? Ist hier gleich um die Ecke. Da ist was los, das sage ich Ihnen. Die machen richtig Action. Kein Vergleich zu Pellworm.«
Piekmann war natürlich schon in St. Peter, aber er tut wieder so, als wenn er von nichts eine Ahnung hat. »Nee, Chef. Erzählen Sie doch mal!«
Auf einer 30 Kilometer in die Nordsee hineinragenden Landzunge gelegen, mit dem gleichen gesundheitsförderlichen Reizklima wie Pellworm, aber ohne Fähre für Urlauber viel leichter erreichbar ist St. Peter-Ording sozusagen die verhasste Konkurrenz für die von einigen Strandabschnitten mit bloßem Auge erkennbare Insel im nordfriesischen Wattenmeer. Laut ist St. Peter und überlaufen, aber mit einem kilometerbreiten Sandstrand gesegnet, den Pellworm nicht hat. Pellworm hat die Ruhe, St. Peter hat das pralle Leben. Aber das kostet natürlich. Für eine Ferienwohnung mit vier Schlafzimmern gibt man als Großfamilie in St. Peter lässig 1000 Euro pro Woche aus, und für ein 700 Gramm-Steak vom irländischen Kalb zahlt man mit Wasserblick 49 Euro.
»Aber entspannen kann man sich auf Pellworm viel besser«, belehrt Dopfner seinen Assistenten von oben herab, und »wollte ich gerade sagen«, brummelt Piekmann unterwürfig nickend. Er weiß natürlich viel mehr. St. Peter hat einfach ein anderes Konzept. In der Hauptsaison gleicht der Ort einem riesigen Rummelplatz. An einem einzigen Wochenende im Juli

findet in St. Peter-Ording nicht nur die Weltmeisterschaft im Kite-Surfen statt, sondern es wird gleichzeitig versucht, sieben zum Teil recht schwachsinnige Weltrekorde zu brechen, darunter »die meisten gleichzeitig ein Eis lutschenden Touristen der Welt« und »die größte Sandburg der Welt«.

Die ist mit fast zwölf Metern Höhe gerade fertig, als sie in sich zusammen bricht, was natürlich noch mehr Urlauber anlockt, als vorher staunend davor gestanden hatten. Traurig und enttäuscht schauen die beiden holländischen Künstler, die sich »Sandbauer« nennen, auf ihr zerstörtes Kunstwerk und machen sich dennoch augenblicklich an die Arbeit, um es wieder aufzubauen, unterstützt von sieben polnischen Arbeitern und Gerüstbauern, die wiederum von einer Firma bezahlt werden, deren einziger Geschäftszweck im Erstellen von seltsamen Skulpturen aus Sand besteht und die gerade auf Rügen eine ganze Sandwelt erschaffen hat. Piekmann weiß das alles, weil er morgens extra deshalb früher aufsteht, um Nachrichten zu konsumieren wie ein Junkie sein Speed.

Natürlich könnte er seinen Chef jetzt unterbrechen und ihm eine weitere spannende Geschichte erzählen, die davon handelt, warum eine von Vollprofis mit 1000 Tonnen Sand aufgehäufte und über 12 Meter hohe Burg plötzlich Risse bekommt und in sich zusammen bricht, denn auch das weiß er genau: Eigentlich sollte diese Riesen-Sandburg direkt am Strand gebaut werden. Dort ist der Boden ruhig und vibriert nicht trotz Wellengang. Es wäre gelungen. Aber Meeressand eignet sich nicht für eine so riesige Burg. Er ist zu feinkörnig. Gröberen Sand gibt es hingegen in Flüssen. Der ist verfügbar und wird im Internet zum Kauf angeboten. Als St. Peter-Ording jedoch für diesen Weltrekordversuch die Genehmigung zum Bau der Riesensandburg beim zuständigen Landkreis Nordfriesland einholen wollte, gab es Proteste von Naturschützern: Es sei nicht akzeptabel, dass

1000 Tonnen Flusssand einfach so an die Nordseeküste gekippt würden. St. Peter liegt mitten im »Naturpark Nordfriesisches Wattenmeer«, und hier haben Naturschützer mehr zu sagen als Politiker. Also darf man keinen Flusssand ans Meer kippen? Nein, man darf es nicht.

Kein Mensch wird jemals begreifen, was Umweltschützer gegen Flusssand am Meer einzuwenden haben. Sand ist Sand, sagt sich der Bürger. Aber Sand ist eben nicht gleich Sand.

St. Peter wollte die Weltmeisterschaft trotzdem, und so wurde die Riesenburg eben mitten im Zentrum direkt neben der Tourismus-Zentrale auf einen Parkplatz gebaut. Weil dort aber eine Eisenbahnlinie in unmittelbarer Nähe verläuft, hat der Boden vibriert und die Burg ist kollabiert. Einsturz. Piekmann beschließt, diese spannende Anekdote über den Aberwitz übertriebenen Naturschutzes noch heute Abend einer gewissen Person zu erzählen, die er erst seit wenigen Wochen kennt und mit der er bereits die letzte Nacht zu verbringen gedachte, was jedoch misslang. »Was nicht ist, kann noch werden«, murmelt er und Dopfner denkt, dass er die Tätersuche meint: »Jaja, aber ich hasse das.«

Der Kommissar steht auf und geht mit Piekmann zum Auto, das vor der Nord-Ostsee-Sparkasse neben dem »Pankokenhaus« parkt. »Total von vorn anfangen, obwohl es einer der beiden wohl gewesen ist. Vorschläge, Ideen, Strategien, irgend eine Hypothese? Mann, Piekmann, strengen Sie Ihren Grips an!«

»Den Witwer können wir nicht mehr vernehmen. Weitere Angehörige gibt es wohl nicht auf der Insel. Der Liebhaber ist tot. Wissen Sie was? Ich fahr nach Flensburg zurück. Den Computer der Toten checken. Ich hab das ganze Equipment nicht dabei, und ich muss die Mails checken. Ich könnte wetten, dass wir da was finden.« Verdammt. Das war zwar vernünftig, aber

was wird aus dem Mädel? Au Scheiße, Piekmann. Da hast du Mist gebaut.
Dopfner findet die Idee, dass er hier alleine weitermachen soll, nicht so prickelnd. Aber er weiß, über welche technischen Möglichkeiten sein Assistent verfügt, wenn er erst mal an seinem Schreibtisch in Flensburg sitzt und sich in einen fremden Computer vergräbt wie ein Maulwurf in seinem Garten. Klar, heute sagt der Computer mehr aus über einen Verdächtigen oder ein Opfer, als wenn man seinen Schreibtisch filzt. Alles geht nur noch per Mail oder im Chatroom: Heimliche Verabredungen, Liebesschwüre, Bedrohungen, Beleidigungen, Angst vor schrecklichem Unglück und konkrete Mordpläne. Dopfner ist mehr von der alten Schule, schreibt sogar noch Briefe dann und wann, aber auch eine Insel wie Pellworm ist längst mit Internet versorgt. Sogar Breitbrand soll sie nun kriegen, hat Dopfners Schwiegermutter mit leuchtenden Augen erzählt. Alle reden auf Pellworm von HildeCom, einem kleinen Unternehmen aus Niedersachsen, das Insel und Halligen mit Glasfaserkabeln versorgen soll und eine Netzgeschwindigkeit verspricht, von der die Insulaner bisher nur träumen konnten. Dopfner ist allerdings skeptisch und hat mal ein wenig gegoogelt. Nun ja: Hildesheim in Niedersachsen, Sarstedt, Springe und den Gewerbepark Hilder Heide bei Salzdetfurth mit Breitband versorgen, aber ist die Versorgung der Insel- und Halligwelten nicht eine Nummer zu groß für die?
Dopfner hat erst kürzlich in den »Flensburger Nachrichten« gelesen, dass die Telekom und zwei weitere Anbieter den Auftrag auch gern gehabt hätten, aber am Ende sind alle drei ausgestiegen: Nicht rentabel zu realisieren. Nur HildeCom blieb übrig, hat den Zuschlag bekommen und lässt gerade einen Subunternehmer Gräben vor all denjenigen Häusern ausheben, deren Besitzer gern von Anfang an dabei sein möchten. Man

gönnt es ihnen ja, denkt Dopfner, aber haben die Insulaner auch die Risiken bedacht? Was ist, wenn ein Bagger ein Kabel zerreißt? Wer kommt dann eigentlich, um es zu flicken? Und wenn ein Orkan so wie »Christian« und »Xaver« im Herbst 2013 mit fast 200 km/h Windgeschwindigkeit den Richtstrahl-Geber auf dem Festland umweht oder diesen nur ein wenig verrückt? Und was ist, wenn die nicht unbeträchtlichen EU-Zuschüsse so wie die von den Inselgemeinden unaufhaltsam schwinden wie das Wasser bei einsetzender Ebbe?

Aber er hat seine Bedenken für sich behalten, denn Schwiegermutter hält jeden, der an HildeCom zweifelt, für einen inselfeindlichen Spaßverderber und ewig gestrigen Bedenkenträger und ist sich in diesem Punkt mit den meisten Insulanern einig. Die Pellwormer sind bisweilen tatsächlich ein bisschen gutgläubig. Das hat Dopfner schon mitgekriegt aus allem, was Schwiegermutter erzählte. Da haben sie ihr Hallenbad mit den falschen Bodenfliesen kacheln lassen und jede Menge Leute sind darauf ausgerutscht; einige mussten sogar mit dem Hubschrauber aufs Festland geflogen werden, aber der Verantwortliche sitzt irgendwo im Nirgendwo und geht »leider nicht mehr ans Telefon«, wie es ganz offiziell in einer Gemeinderatssitzung hieß.

Da haben sie sich vor einigen Jahren Heerscharen von Touristen von einem neuen Feriendorf in Tammensiel versprochen, das dafür notwendige Gemeindegrundstück für kleines Geld angeboten und alle, die ihre leisen Zweifel hatten, laut übertönt, aber leider hat die Finanzkrise die Investoren verscheucht und den einst so großspurig auftretenden Generalunternehmer hat man seitdem nie mehr auf der Insel gesichtet. Wahrscheinlich geht auch er »nicht mehr ans Telefon«.

Breitband für die Inseln und Halligen ist, wie Dopfner von Schwiegermutter weiß, das ehrgeizige Abschiedsprojekt von Bürgermeister Jens Klausen, der sich in den Landtag hat wählen lassen und bei der letzten Kommunalwahl nicht mehr für die CDU antrat. Auf Klausens Grabstein könnte eines Tages stehen: »Er schenkte uns das Breitband«. Wenn's denn klappt.

»Ja, Piekmann, fahren Sie«, gibt er seinem Assistenen Recht, »nehmen Sie den Wagen mit, ich miete mir hier einen.«

Unweit von Dörtes Gasthof hat er eine Elektro-Mobil-Vermietung gesehen, die bieten Renault-Twizzys für kleines Geld an, 180 km Reichweite, eigentlich super für so eine Insel, die doch ohnehin auf Öko macht. Dopfner hat auf der Fahrt hierher, während Piekmann am Steuer saß, eine Menge über Pellworms ehrgeizige Zukunftspläne im Internet gelesen. Schon seit Jahren hat die Insel eines der größten Solarfelder Europas, verbraucht viel weniger Strom, als sie erzeugt, aber jetzt legen die Pellwormer noch einen drauf und wollen federführend werden für die regenerative Energie der Zukunft, quasi ein Vorzeigeprojekt, wie das funktionieren könnte mit der umweltfreundlichen Energie, wenn der Atomausstieg erst einmal konsequent durchgesetzt wird. »Smart-Region Pellworm« heißt das Motto. Kurz gesagt, geht es darum, Dopfner und Piekmann haben noch etwas Zeit bis zur letzten Fähre, die den Assistenten aufs Festland bringen soll, und Dopfner erklärt ja nun mal ganz gern, zumal er weiß, dass sich Piekmann eigentlich für nichts interessiert außer für seine Modellbahn von Märklin, Spur HO:

»Die bauen ja demnächst überall da draußen in der Nordsee Windparks. Also diese Riesenräder mit den Flügeln. Hunderte, Tausende sogar. Das Problem ist aber, wie man die ganze Energie, die da gewonnen wird, dorthin bringen soll, wo sie gebraucht wird. Da müsste man Tausende Kilometer Leitungen verlegen, und kein Mensch lässt dafür seinen Garten umgraben. Nun kommt Pellworm und sagt, wir machen das ganz anders. Wir lassen den Strom bei uns hier im Norden, aber wir speichern ihn in irgendwelchen neumodischen Riesen-Batte-

rien, und wenn es dann mal windstill ist und nix mehr produziert wird, dann verbrauchen wir das, was wir in den Batterien haben. Können Sie mir folgen, soweit?«
Piekmann nickt und brummt: »Klingt ja nicht schlecht.«
»Genau«, sagt Dopfner, »und das wollen sie hier auf Pellworm ausprobieren, also ob das klappt und so. Es ist sozusagen eine Modell-Region. Mensch, Piekmann, eines Tages können Sie Ihren Enkeln erzählen, dass Sie ganz am Anfang dabei waren, als es los ging mit der neuen Technologie auf Pellworm!«
»Jau«, murmelt Piekmann, »um den Mord an einer schlampigen Fischersfrau aufzuklären. Aber nicht, um Windenergie in Riesenbatterien zu speichern.«
»Egal, dabei gewesen ist dabei gewesen. Warum, interessiert doch dann keinen mehr. Und jetzt los, ich muss noch diese umweltfreundliche Elektroschüssel mieten.«
Dann winkt Piekmann noch mal von der Fähre zurück, und Dopfner hat das dumpfe Gefühl, dass genau heute abend in Flensburg mal wieder das Monatstreffen der Märklin-HO-Freunde stattfindet, zu dem Piekmann eventuell noch rechtzeitig zurück sein wird. Dabei wäre Piekmann so gern auf der Insel geblieben. Er zückt sein Handy, geht auf Telefon, Kontakte und C und ruft eine Nummer an, die noch nicht allzu lange darin gespeichert ist. Wichtige Ermittlungen, überstürzte Abreise, konnte nichts dagegen machen, tut mir so leid, wir sehen uns, bla-bla. Die junge Frau, die wegen des schlechten Empfangs nur Bruchstücke verstanden hat, ist not amused.

»Verfickte Scheiße!« Auf dem Deich zwischen Alter Kirche und Tammwarft schauen Marianne und Imke so verblüfft und ahnungslos wie die vielen Schafe, die um sie herum blöken und glotzen. »Verfickte Scheiße!«, schreit Christine noch einmal und muss sich beherrschen, um ihr Handy nicht augenblicklich wegzuschmeißen und darauf herumzutrampeln.

»Ihr ahnt es nicht. Das war der Typ, der mich hierher gelockt hat, und was hat er mir eröffnet? Dass er mal eben, ganz unerwartet, plötzlich und tralala aufs Festland zurück muss und mich hier allein lässt! Wech isser! Hat man sowas schon mal gehört? Spinnt der, oder was? Was meint der denn, wer ich bin? Irgend so'ne blöde Tusse? Na warte. Der kann was erleben. Nur weil ich gestern nicht gleich mit ihm in die Kiste gegangen bin, haut der einfach ab! Dem kratz ich die Augen aus, dem reiß ich die Eier ab! Der lernt mich noch kennen. Nicht mit mir, Freundchen.«

»Wie jetzt, der ist weg?« Marianne hat es noch nicht richtig begriffen, und auch Imke runzelt die Stirn. »Der muss doch einen Grund genannt haben. Jetzt mal in aller Ruhe«, sie zieht die beiden Jüngeren auf eine der Bänke auf der Deichkrone, von denen man nach Süderoog herüberschauen kann, »was genau hat er gesagt, warum er abhaut? Krieg dich erstmal wieder ein, wir regeln das schon. Also, was hat er gesagt?«

»War ja so schlechte Verbindung«, Christine ist den Tränen nahe, »viel hab ich nicht verstanden, nur dass er weg muss, irgendwelche Ermittlungen, was ganz Wichtiges, Unaufschiebbares oder so…«

»Ermittlungen?« Marianne schaut ihre Mutter an, die hebt eine Augenbraue, Marianne nimmt Christines Hand und fragt behutsam: »Sag mal, öffentlicher Dienst, hast du gesagt? Was genau macht der Kerl im öffentlichen Dienst?«

»Durfte ich ja nicht sagen«, schluchzt Christine auf, »aber jetzt ist ja scheißegal, weil der hat mich ja voll verarscht, also ich sag's euch im Vertrauen, ja? Der ist bei der Kripo und muss hier in irgend einem Todesfall ermitteln, und sein Chef ist ein Vollpfosten, der hat wohl von nix eine Ahnung, deshalb muss

Kai, also so heißt der, hier mit unterstützen, weil sein Chef alleine gar nichts gebacken kriegt, und so hat er mich eben her gelockt und gesagt, den Fall kläre ich ganz schnell auf und dann haben wir ein schönes Weekend zusammen, naja, so ungefähr. Und ich hab gedacht, das ist der Richtige, und jetzt ist er weg.«

Drei Frauen auf einer Bank. Zwei liegen sich schreiend vor Lachen in den Armen und kriegen sich nicht mehr ein. Die dritte wischt sich die Tränen ab und kann nicht begreifen, was an dieser Geschichte so komisch sein soll. »Ich hab's…«, keucht Imke, »ich hab's… Ich hab's dir… Ich hab's dir schon immer gesagt… Vollpfosten! Ich fass es nicht!«

»Und ich…«, Marianne laufen die Lachtränen herunter, »ich bin seit fast 30 Jahren mit einem…« Wieder kriegt sie den Lachflash und kann nicht weitersprechen, »…mit einem echten Vollpfosten verheiratet…«

»Wie jetzt? Kann mich mal jemand aufklären?«, Christine wird echt sauer und stampft mit den Füßen auf, »kann mir mal jemand sagen, was hier los ist?«

Imke fasst sich als erste. »Also. Meine Tochter ihr Mann. Das ist der Chef von deinem Typen. Mariannes Mann, der Mathias, ist wegen einem Mordfall hier und hat deinen Typen als Assistenten mit. Mariannchen, wie heißt der Assi von Mathias noch mal?«

»Kai Piekmann«, prustet Marianne. »Und, Christinchen, wie heißt dein Typ?« »Kai Piekmann!«

Fünf Schafe versammeln sich vor der Bank und schauen verständnislos blökend zu, wie sich nun alle drei Frauen in den Armen liegen, von denen eine, nämlich Christine, nicht genau weiß, ob sie ein einziges Fettnäpfchen, von denen in den letzten fünf Minuten mehr auf dem Deich herumstanden als Schafs-Ködel im Gras lagen, ausgelassen hat. »Au Scheiße«, sagt sie. »Entschuldige.« Marianne drückt sie fest an sich. »Konntste doch nicht wissen, Kleines.«

Lautlos wie rollende Segelflieger gleiten die kleinen Elektroautos über die Insel. Vorhin an der Fähre hätte der Kommissar beinahe eines übersehen, als er den Damm überquerte, um auf die andere Seite zu wechseln und die paar hundert Meter bis Tammensiel zu laufen. Erst so kurz hier und schon verliebt in die Pellwormer Luft. Sie ist würzig. Er atmet sie tief ein. Sie riecht wie ein exzellentes Parfum, nur eben nicht nach teuren Ingredienzien, sondern nach Schlick, Seetang, Fisch, Salz und Sand. Man möchte sie in Dosen abfüllen und mitnehmen. Noch eine Nase voll, Mathias. Zieh dir die Droge rein. Am Leuchtturm vorbei geht Dopfners Blick weit übers Watt nach Westen, wo sich die Sonne auf einen weiteren spektakulären Untergang vorbereitet. Fotobegeisterte Urlauber fahren schon auf dem Deich die Stative ihrer Kameras aus und ein nervös krächzender Austernfischer tippelt vor ihm her über den Asphalt, um den vermeintlichen Feind vom Nest wegzulocken. Was diese merkwürdigen Vögel eben unter einem Nest verstehen: Sie legen ihre Eier einfach irgendwo ab, zur Not auch in ein Schlagloch mitten auf der Straße und setzen darauf, dass schon nichts passieren wird. Warum geben sich einige Vogelarten, zum Beispiel die Schwalben, so viel Mühe mit dem Nestbau und andere wie die Austernfischer halten derlei Aufwand für total übertrieben? Auf dem Festland kommt man gar nicht auf Fragen wie diese; dort ticken die Uhren zu schnell. Je hektischer die Menschen, desto weniger Fragen stellen sie. Pellworm, und vielleicht ist das der Reiz dieser Insel, den noch nie jemand so beschrieb, Pellworm also macht dich zum Kind: Das kennt keine Eile, keinen Stress, aber aus der Ruhe, die dem Kind-Sein innewohnt, werden die seltsamsten Fragen geboren, die bisher ungestellt waren und die aufzuschreiben sich alle Eltern vornehmen, bis Hektik, Eile und Stress diesen schönen Plan zunichte machen. Warum baut sich die Schwalbe ein Nest, und der Austernfischer legt sein Ei einfach irgendwo hin?, ist auch so eine Frage. Der Kommissar denkt noch darüber nach, als er schon wieder mit seiner leergelutschten Eiswaffel vorm Laden von Hauke Martensen sitzt und sein Handy klingelt.

Brumm, brumm, macht das Handy. Motorrad im Leerlauf. »Schwiegermutter! Welche Ehre! Was? Ob wir schon weitergekommen sind? Nein, noch nicht, alles noch unklar, aber wir sind dran… Was? Woher weißt du, dass ich Piekmann aufs Festland geschickt habe? Und was geht dich das überhaupt an? Ihr Landfrauen seid mir ja vielleicht eine Kontaktbörse. Ja, klar sehen wir uns heute abend. Ist Marianne bei dir? Schlechte Verbindung… Ja, grüß zurück.«

Dopfner starrt auf sein Handy, als könnte es nicht nur telefonieren, sondern auch Rätsel lösen. Frag doch mal Siri, scherzt er für sich und tut es tatsächlich: »Siri, sag mir, woher meine Schwiegermutter weiß, dass Piekmann die Insel verlassen hat.« »Ich habe dich nicht verstanden«, antwortet Siri, »soll ich für dich im Internet nach «Schicker Butter» suchen?«

»Nee, lass mal.« »Dann eben nicht«, ist Siris schnippische Antwort.

Siri wird von Handy- zu Handy-Generation immer frecher. Demnächst pöbelt sie dich noch an, denkt Dopfner und dann sagt sie: »Leg dich gehackt, du Arsch, ich biete dir überhaupt keine Hilfe mehr an«, oder sowas in der Art. Aber natürlich gibt es eine Erklärung, wo Schwiegermutter ihre Kenntnisse her hat. Jemand, den sie vernommen haben, muss Piekmann an der Fähre gesehen haben und das hat sich herumgesprochen, ganz einfach. Jetzt denken die Insulaner, der Fall sei geklärt, weil der Witwer den Mörder erschossen und sich dann selbst gerichtet

hat. Ach, Dopfner seufzt, wenn es doch so einfach wäre. Und vielleicht war es ja wirklich so einfach, wer weiß? Es gibt zwar keinen Beweis dafür, aber eben auch keinen Beweis dagegen. Ist halt hilfreich, wenn man die ganze Insel kennt und mit der Mentalität der Nordfriesen gut zurecht kommt. Auf Schwiegermutter, knapp unter 80 und so gut drauf, wie die unter 80 heute meistens sind, trifft beides ganz zweifellos zu. Als in der Zeitung las, was da auf Pellworm, auf »ihrer« Insel, passiert war, wo sie jedes Schaf mit Namen kennt und wo sie seit 30 Jahren ihr zweites Zuhause hat, buchte die alte Dame sofort die nächste Fähre. Natürlich »nur« zum Ausspannen. Aber ich wette, denkt Dopfner, die will sich hier mal umhören. Soll sie doch. Die hat schon vor 20 Jahren im »Gasthof Hooger Fähre« gesessen und ist mit den früheren Wirtsleuten Christoph und Heinke gut befreundet, die wird von den ollen Hellmanns heute noch zu jedem Geburtstag eingeladen und ist sie nicht sogar die Patentante von Peter Levsen, der das Restaurant an der Alten Kirche hat? Oder von Jens Klausen, dem früheren Bürgermeister, der jetzt im Kieler Landtag sitzt?
Jedenfalls ist Schwiegermutter auf Pellworm gut vernetzt, sogar im Internet mischt sie noch mit, wenn's denn mal irgendwo Empfang gibt, sie hat sich gerade in der Facebook-Community »Pellworm für alle« angemeldet und kommentiert obendrein noch im Forum der offiziellen Pellwormseite alles, was sie gut findet oder was ihr missfällt. Erst neulich hat sie gemeckert, warum Pellworm eigentlich nicht offiziell auf Facebook und Twitter ist? »So'n Forum im Internet, das ist doch was für Rentner«, hat sie gegrummelt, »wenn ich den Boklauer das nächste Mal seh, dann wird ich den erstmal auf'n Topf setzen.«
Adrian Boklauer ist Pellworms Kurdirektor. Der frühere Manager eines Reiseveranstalters namens ITU ist vor einigen Jahren mit einem ganzen Sack voller Ideen auf die Insel gekommen und

hat dann wie die meisten seiner Vorgänger feststellen müssen, dass Veränderungen auf einer Insel wie dieser, um es vorsichtig auszudrücken, nur schwer durchzusetzen sind. Was also den Reiz von Pellworm ausmacht, dass es nämlich im Grunde noch so wie früher ist, das kann der Insel auch zum Verhängnis werden. »Das ist ein schmaler Grat zwischen Bewahren und Erneuern«, sagt Marianne, als die drei Frauen jetzt im »Restaurant zur Alten Kirche« sitzen und auf Mathias Dopfner warten, der »sofort nach den letzten Ermittlungen« sein Erscheinen angekündigt hat. »Wenn ich was zu sagen hätte«, einer der Lieblingssätze von Imke, »dann würde ich zum Beispiel eine knallharte Qualitätskontrolle bei den Ferienwohnungen einführen. Kann doch nicht sein, dass manche Vermieter ihre Quartiere noch auf dem Standard der 70er Jahre haben! Aber was sagt die Gemeinde dazu? Nee! Wollen wir nicht! Weil dann viele Bauern gar nicht mehr vermieten würden, die Zahl der Gästebetten würde sich verringern und die Gemeinde hätte weniger Einnahmen. Mir wäre das total egal! Ich würde auf einer Qualitätskontrolle bestehen.«
»Aber das würde auch wieder Geld kosten, denn irgend jemand müsste die ja durchführen«, wirft Christine ein, »ich nehme mal an, dass die Insel ziemlich pleite ist?«, und Marianne sagt: »Du hast im Prinzip schon Recht, Mama. Aber du darfst auch nicht vergessen, dass viele Leute gerade deshalb Pellworm so lieben, weil es eben ein bisschen von gestern ist.«
»Na schön, aber wie soll das denn weitergehen? Die Insel braucht neue Ideen! Friedrichstadt zum Beispiel hat die Dänen für sich als Zielgruppe entdeckt. Jeder von der Kurabteilung musste dänisch lernen und sie sind seit ungefähr zwei Jahren auf jeder dänischen Reisemesse unterwegs. Und? Ständig sehe ich dänische Busse von der B 5 nach Friedrichstadt abbiegen, da fallen die Dänen haufenweise ein! Und schaut

euch doch mal an, wie viele dänische Autos in Friedrichstadt parken! DAS nenn ich Tourismusmarketing. Aber doch nicht, was der Boklauer da veranstaltet mit seinem «Forum» auf der Pellworm-Seite. Ein Witz ist das.« »Also ich hab gehört, dass er schon an einem Facebook-Auftritt von Pellworm arbeitet. Aber es ist halt schwer, die Insulaner von etwas Neuem zu überzeugen. Sag mal... Wann genau wollte mein Mann, der «Vollpfosten», eigentlich hier sein? Aber nicht, dass ihr ihn so ansprecht...«

Dopfner ist noch voll im Stress. Jetzt geht es darum, das Umfeld der drei Toten abzuklopfen. A: Svantje. B: Der Ehemann. C: Der Liebhaber. Dopfner entscheidet sich für A, fängt also bei Svantje Heinsen an. Klingelt bei Nachbarn und auf allen Warften, die Blickkontakt zum Haus der Heinsens haben. Lässt sich Svantjes Jobs erzählen: Mal hat sie in der Fischbude von Leo im Hafen ausgeholfen, mal im Hotel Friesenhaus die Zimmer geputzt, mal bei Momme in Tammensiel die Pommes gemacht, also mit wem hat sie wann und wo wie viel Zeit verbracht, Name, Adresse, Telefonnummer, das ist mühsame Kleinarbeit, aber Dopfner, die anderen Ermittler und Geistlicher, der Inselpolizist, teilen sich die Arbeit und es sind eine Menge Puzzleteile, die man da zusammensetzen muss. Aber irgendwann ist Schluss, auf Dopfner warten Frau und Schwiegermutter in der »Alten Kirche«, genau dort will er jetzt hin, einfach einmal abspannen und auch noch etwas für seine Ehe tun, denn so oft gehen er und Marianne nicht essen. Er parkt das E-Mobil unter den Laternen auf dem Parkplatz des Gasthofes und geht hinein. Da sitzen aber nicht zwei Frauen am Tisch, wie er erwartet hatte, sondern drei. Huch? Nicht ganz hässlich, die Kleine. Wenn ich 20 Jahre jünger wäre...

»Moin«, Küsschen für Marianne und Imke, »und wer sind Sie?«

»Ich, äh, ich bin Christine, und…«

»Und ich hab sie zufällig auf der Fähre kennengelernt, deshalb ist sie jetzt mit hier, und nun setz dich erst mal«, Marianne hat damit den anderen beiden signalisiert, dass ihr Geheimnis vorerst eins bleiben soll. »Vollpfosten« muss nicht wissen, wer Christine auf die Insel gelockt hat.

»Na, haste deine Antennen schon ausgefahren«, fragt der Kripomann leicht spöttisch. Obwohl eine fremde Frau am Tisch sitzt, macht er aus seinem Beruf dieses Mal kein Geheimnis, wie Marianne überrascht feststellt. Schwiegermutter guckt so beleidigt, wie sie nur kann. »Weiß wahrscheinlich schon mehr als du«, sie kann es natürlich nicht für sich behalten, sagt aber: »Ich kann schweigen.«

»Ach, erzähl schon, bitte«, Dopfner weiß, wie er sie rumkriegt, »was schnacken die Landfrauen denn so zu dem Fall? Ich wette, du hast gestern schon ein paar von denen abtelefoniert und den neuesten Inselklatsch erfahren. Mir sagt ja keiner was«, klagt er und sie legt ihm die Hand auf den Arm: »Ja, weil du falsch fragst und vom Festland bist! Das mögen die hier nicht. Also, pass auf. Die Emmy hat's mir erzählt. Na, du weißt doch, Emmy Jensen, die Malerin! Kennste nicht? Siehste, dann kriegste auch nix raus, mein Junge. Also die Emmy hat es von der Dethlefsen, und die hat es bei Hansi Koopmann gehört, aber es ist hundertprozentig wahr. Heute mittag, mit der 12.45-Fähre, kommt ein Möbelwagen auf die Insel. Und du ahnst nicht, wer total überstürzt und von jetzt auf gleich mit Sack und Pack sein Haus verlässt und Pellworm für immer den Rücken kehrt.« Sie kommt ganz dicht an Dopfners Ohr ran und flüstert ihm was hinein.

Er lehnt sich zurück und lacht. »Ja, und was soll ich jetzt DAMIT anfangen? Soll ich jeden verhaften, der von Pellworm weg möchte? Das will fast jeder Zweite hier, die kriegen alle irgendwann den Inselkoller.« Aha, denkt Marianne: Jahrzehn-

telang durfte ich nicht mal erwähnen, was mein Mann beruflich macht – und kaum sitzt eine hübsche Blonde mit dicken Titten am Tisch, kehrt er den Kriminalen raus? Schau mal einer an.
Schwiegermutter ist jetzt richtig beleidigt. »Und das findest du nicht verdächtig, so kurz nach dem Mord? Ich meine: Der Witwer hat den Wattführer erschossen, weil er geglaubt hat, dass der seine Frau ermordet hat. Aber was ist denn, wenn er sich geirrt hat und der Mörder läuft noch frei herum? Wenn dann einer plötzlich so stickum abhaut, das muss man doch überprüfen! Oder trauste dich nicht, weil es der Pfarrer ist?«
Sie macht eine Kunstpause und schaut ihren Schwiegersohn listig von unten an, über ihre Brille hinweg, und Dopfner weiß, dass noch was kommt. Er hingegen setzt seinen unschuldigen Dackelblick auf, mit dem er damals ihre Tochter ins Bett gekriegt hat und weiß, dass auch die Mutter diesem Blick nicht widerstehen kann. Ob er den Blick wohl auch noch mal bei der Kleinen anwenden sollte? Jedenfalls schaut sie mit leicht feuchten Augen ziemlich interessiert, aha, aha, er scheint ihr also irgendwie zu imponieren.
»Also gut«, sagt Schwiegermutter. »Ich weiß ja noch mehr. Der Pfarrer hat was mit der ehemaligen Insel-Lehrerin, also der Marion. Die wiederum«, Kunstpause, »hatte als blutjunges Mädchen was mit deinem Toten, also dem ersten, diesem Wattführer. Von dem ist sie auch schwanger geworden und hat heimlich ein Baby zur Welt gebracht. Aber damals ging das nicht. Er verheiratet, sie noch keine 17 Jahre alt. Und weil die Frau vom Wattführer, also diesem Andersen, keine eigenen Kinder kriegen konnte, haben die beiden Insel-Familien das Kind einfach der Marion weggenommen und den Andersens untergeschoben. Siehste, wie sich der Kreis schließt? So ist der Insel-Pfarrer, der jetzt abhauen will, doch irgendwie mit dem Mordopfer, das gleichzeitig tatverdächtig ist, verbunden. Ja sach

mal, muss ich denn deine ganze Arbeit alleine machen? Was der Pfarrer für ein Motiv hatte, das musste nun aber wirklich selbst herausfinden. Ach, übrigens, mein Vino geht ja wohl auf Staatskosten heute. Und, ach so, die Lehrerin heißt Marion Dorn.«

Marion Dorn? Miss Wet-T-Shirt, die so gern von der Fähre springt, um Menschen zu retten? Aha… Der Fall wird immer irrer, denkt Dopfner. Aber dann wechseln sie das Gesprächsthema. Die Speisekarte vom Gasthaus an der Alten Kirche bietet genug, um sich mit der Geschichte der Insel zu beschäftigen, und gleich nebenan steht ja die Alte Kirche mit der berühmten Orgel von Arp Schnitger.

»Wissen Sie ein bisschen von der Insel-Historie?«, fragt Dopfner die hübsche Blonde und bemüht sich, ihr dabei nicht auf die Brüste zu schauen, »zum Beispiel, wer Arp Schnitger eigentlich war?«

Christine wagt einen unschuldigen Augenaufschlag und fährt sich mit beiden Händen durch die Haare. Plötzlich hat sie Lust, den Chef von ihrem neuen Bekannten erotisch abzuchecken. Nicht, dass sie was von dem Typen will: Dafür wäre er ihr viel zu alt, außerdem sitzt ja seine Frau mit am Tisch. Aber das Spiel mit dem Feuer reizt sie, mit Kai Piekmann hat sie ohnehin noch eine Rechnung offen, und deshalb sagt sie mit einem lasziven Unterton: »Nein, aber ich bin sicher, dass sie mir vieles erklären könnten, Herr Hauptkommissar.«

Schlampe, denkt Marianne. Macht schamlos meinen Mann an. In ihrem Kopf-Kino läuft ein Film ab, wie ihr Mathias nackt zwischen Christines Schenkeln liegt und sich heftig bewegt. Dann sieht sie sich selbst mit einer Drahtschlinge, die sich um Christines Hals windet und blutrote Spuren hinterlässt, während ihre Augen weit hervorquellen und schließlich brechen. »Schon wieder ein Mord auf Pellworm – Frau vom Kommissar verhaftet!« Du lebst über 30 Jahre mit einem schnarchenden

Monster, das unter nächtlichen Blähungen leidet und seit über einem Jahr keine Lust auf Sex hat und das erste dahergekommene Flittchen macht ihn geil? Wer bist du eigentlich? Bist du bescheuert, oder was? Na warte.

»Schatz, möchtest du nicht bestellen?«, flötet sie sanft, denn Annika steht am Tisch. Die Tochter des Wirtes Peter Levsen hat den Traditionsgasthof vor kurzem von ihrem Vater übernommen und wollte daraus ein Wellness-Hotel machen, aber wegen erheblicher bürokratischer Schwierigkeiten scheinen sich die ehrgeizigen Pläne zu verzögern, hatte Imke gerade geflüstert. Annika empfiehlt die entgrätete Scholle mit Speck, einer Handvoll Krabben oder beidem. »Sie waren doch mit unserem verstorbenem Wattführer in dem Café an der Hooger Fähre, und die Wirtin dort isst das auch regelmäßig bei uns«, lächelt sie. »Ja, dann nehm ich das, und ein kleines Bier. Aber woher wissen Sie…?« »Auf so einer kleinen Insel machen Sie als Polizeibeamter keinen Schritt, der sich nicht sofort herum spricht«, erklärt sie und Dopfner murmelt: »Dann weiß wahrscheinlich auch die ganze Insel außer mir, wer der Mörder ist?« Christine hat wohl gemerkt, dass ihr kleiner Flirt mit dem Kommissar die Stimmung am Tisch nicht unbedingt verbessert und sie wendet sich bewusst an Imke, um noch etwas mehr über Pellworm zu erfahren. »Was ist denn nun mit der Orgel von diesem Arp, Arp… Schneider?«

»Schnitger. Arp Schnitger.« Imke ist in ihrem Element, denn in den Sommermonaten verpasst sie kaum eines der wunderbaren Orgelkonzerte in der Alten Kirche und hat viel über die Geschichte der Orgel gelesen. »Im 18. Jahrhundert war Orgelbauer ein hochangesehener Beruf«, erzählt sie. »Arp Schnitger, ein gelernter Tischler übrigens, brachte es im Orgelbau zur Perfektion. Er baute unter anderem das damals größte Instrument der Welt, die Orgel in der Hamburger St. Nicolai-Kirche, aber die ist dann bei dem Großen Brand im 19. Jahrhundert zerstört worden. Er stammte aus einem Dorf an der Elbe, zog aber durch die ganze Welt, hat Orgeln in England und sogar in Russland gebaut. Aufträge hatte er genug, aber ein guter Geschäftsmann war er nicht. Aus Gutherzigkeit hat er viele Orgeln zum Selbstkostenpreis oder sogar darunter gebaut, und dann hat er über 50 Gesellen ausgebildet, die mit seinem Namen Werbung gemacht und ihm viel Umsatz weggenommen haben. Die meisten seiner Orgeln existieren nicht mehr, weltweit gibt es nur noch weniger als 30, und eine davon ist hier in der Alten Kirche.«

»Ja, aber ich dachte immer, Orgel ist Orgel?«

»Nein, nicht für Kenner. Da geht es einmal um die Anzahl der Pfeifen und Register, das Material, den Klang, dann um die Feinabstimmung, den «Sound», wie man heute sagen würde. Ihr jungen Leute könnt doch auch einen guten DJ von einem schlechten unterscheiden, weil ihr das heraus hört, was er da macht an seinem Mischpult, und wir älteren Leute hören nur Bumm, Bumm, Bumm. So war das damals auch mit den Orgeln. Schau mal, die kleinste Pfeife in der Orgel hier nebenan ist nur vier Zentimeter hoch und die größte misst fünf Meter! So eine Orgel ist ein Meisterwerk. Und nicht jeder, der Orgel spielen kann, findet sich an einer Arp Schnitger-Orgel zurecht. Das ist unter Organisten ein Spezialgebiet. Übrigens hat Johann Sebastian Bach auch schon an einer Arp Schnitger-Orgel gespielt, und zwar in der besagten Hamburger Nicolai-Kirche.«

»Und was ist aus Schnitger dann geworden?«

»Er hatte sechs Kinder, davon vier Söhne, aber zwei davon sind vor ihm gestorben: Einer ist an der Pest, und der andere ist beim Baden in der Elbe ertrunken. Arp Schnitger hat sich dann auf einer weiten Reise, die er auch wegen einer Orgel unternahm, eine Lungenentzündung geholt und ist ziemlich früh an den

Folgen gestorben. Jedenfalls ist er niemals so reich geworden, wie es ihm eigentlich zugestanden hätte.«

»Traurig«, sagt Christine nachdenklich, »da hat jemand so etwas Wunderbares geschaffen, was bestimmt viele Menschen glücklich gemacht hat oder sogar heute noch glücklich macht, und dann hat er nicht mal Kohle damit verdient. Ich möchte mal ein Bild von dem sehen, die haben damals doch schon Portraits gemacht?«

»Ja klar, haben sie. Aber von Arp Schnitger gibt es kein einziges Bild, nur ein paar, wo die Wissenschaftler vermuten, dass er es eventuell sein könnte. Bewiesen ist das aber nicht.«

Marianne hat ihren Groll auf die junge Frau schnell wieder vergessen, denn sie staunt über die Sensibilität und die Wissbegierigkeit, mit der sich Christine dem für sie doch völlig neuen Thema widmet.

»Damit er dir leid tun kann, müsstest du doch erst mal seine Motivation kennen«, wirft sie ein. »Vielleicht hat der Mann gar nicht Orgeln gebaut, weil er damit reich werden wollte?«

»Glaub ich nicht. Warum sollte jemand arbeiten gehen, wenn nicht für Geld?«

»Das siehst du falsch. Es kann noch mehr Motive geben. Vielleicht war er besessen davon, oder er hat es für sein Seelenheil gemacht, damit er später mal in den Himmel kommt, oder er hatte aus irgend einem Grund ein schlechtes Gewissen und wollte sich mit seinen Orgeln von einer Schuld loskaufen, wer weiß. Es gibt noch mehr Motive als Geld, um etwas zu schaffen.«

»Wenn es nur um Geld gehen würde, gäbe es überhaupt keine Kunst«, stellt Dopfner als These in den Raum, und die Frauen sehen ihn etwas ratlos an. »Ja, seht das doch mal so: Kein Maler, der sein erstes Bild malt, hat auch nur eine winzig kleine berechenbare Chance, dass er eines Tages mit seinen Bildern Geld verdienen wird. Millionen Menschen malen, und vielleicht einer von Hunderttausend wird damit Geld verdienen. Also, das kann man vergessen. Wegen Geld fängt kein Mensch zu malen an. Es gäbe also, ginge es nur um Geld, überhaupt keine Maler. Die Motivation muss deshalb woanders liegen: Selbstverwirklichung, oder wie Marianne sagt, ein anderes höheres Ziel. Da hast du wieder einmal ins Schwarze getroffen, Schatz.«

Ganz bewusst gibt er seiner Frau Recht, um ihre Laune wegen Christine zu verbessern und hält sich dabei für überaus gerissen, aber Marianne durchschaut diesen typisch männlichen und nicht sehr filigranen Trick natürlich. Sie denkt nur: Männer sind halt wirklich Deppen. So leicht zu begreifen wie ein Mops vor der Wurst und mit der Intelligenz einer Aldi-Plastiktüte ausgestattet. Herr, wirf Hirn vom Himmel und verteile es unter den Männern!

»Danke, Schatz«, flötet sie. »Es ist schön, dass wir uns so gut verstehen.«

»Also ist diese Orgel in der Alten Kirche ein richtiges Kunstwerk«, spricht Christine in ihre Weinschorle hinein, was Dopfner jedoch ein weiteres Mal zum Widerspruch reizt:

»Kunst…? Nö. Schnitger war ein Handwerker. Ein besonders begnadeter, da gibt es keine zwei Meinungen, aber eben doch Handwerker. Und zwischen Kunst und Handwerk müssen wir ja wohl…«

»Stoppt den Mann«, ruft Marianne mit gespielter Verzweiflung, »er hat es schon wieder geschafft, das Gespräch auf sein Lieblingsthema zu bringen! *Was ist Kunst?*, darüber kann Mathias nächtelang diskutieren und wenn er nicht gerade Bereitschaft hat und nüchtern bleiben muss, läuft die Debatte regelmäßig aus dem Ruder. Ihr könnt euch schon mal von dem Gedanken verabschieden, dass ihr hier vor zwei Uhr nachts raus kommt.«

»Nein, ich muss doch morgen um sieben wieder raus«, beschwichtigt Dopfner, »ich wollte ja auch keine längere Debatte anzetteln, das fiel mir nur eben so ein«, und dabei kann er den Gedanken nicht verdrängen, dass er sehr wohl ganz gerne mit einer der Damen die ganze Nacht über seine Definition von Kunst diskutieren würde, aber das wäre nicht seine eigene Frau, die ja sowieso schon jedes seiner Argumente vor- und rückwärts herunterbeten kann und entsprechend gelangweilt reagieren würde, sondern das wäre diese faszinierende junge Frau mit den lustigen Zöpfen und den erstaunlich großen Brüsten, die sicher atemlos jedes seiner Argumente aufsaugen würde wie die Biene den Honig und die an seinen Lippen hängen würde, wodurch er sich endlich wieder einmal als Mann fühlen könnte, der einer Frau das Leben erklären darf.

Ach, wie vermisst er das. Und warum macht ihn Marianne lächerlich vor den anderen, indem sie sein Lieblingsthema so herunter zieht? Für einen Moment sieht er sich mit einer Drahtschlinge in der Hand, die sich um den Hals seiner Frau zieht, und ihre Augen quellen unnatürlich heraus, bevor sie brechen. »Schon wieder ein Mord auf Pellworm! Kommissar verhaftet!« Es gibt ein Leben nach dieser Frau, schwört sich Dopfner und lächelt sanft. »Lasst uns das Thema wechseln.«

»Nein, bitte nicht«, das ist Christine, »was ist denn deiner Meinung nach der Unterschied zwischen Handwerk, so wie Arp Schnitger es betrieben hat, und Kunst? Ich wüsste darüber gern mehr.«

Mathias schaut Marianne an, die guckt genervt, Imke schaut beide an und stellt fest, dass Marianne genervt ist, Mathias ignoriert, dass Marianne genervt ist und Christine hat große Augen vor Spannung. Sie will es wirklich wissen. Und es ist Dopfner scheißegal, ob Marianne gleich gelangweilt die 1515, also das Insel-Taxi, bestellen wird.

»Die Grenzen sind natürlich fließend. Handwerk ist jedoch immer gleichleibend, also eine Massenproduktion. Um mal von der Orgel wegzukommen: Ein guter Dachdecker lernt, wie man Dächer deckt, er tut das, es regnet nicht durch, er hat seinen Job gemacht und steigt aufs nächste Dach. Das ist Handwerk. Aber es nicht kreativ. Da hätten wir also schon das erste Merkmal, was Kunst ist: Kreativität.«

Dopfner macht eine Pause, denn nun kommt seine Scholle. »Hm, echt lecker.«

»Ich wünsche guten Appetit«, lächelt Annika, stellt die zerlassene Butter auf den Tisch und lächelt Dopfner verschwörerisch an. Weiß sie noch mehr, als ich ahne?, denkt der, nimmt aber den Faden wieder auf.

»Hätte Dürer seine berühmten zusammengelegten Hände oder den Hasen, den jeder schon mal gesehen hat, nicht einmal, sondern eine Million Mal immer genauso gemalt, wäre eines der Bilder, wenn es heute auf irgend einem Dachboden entdeckt würde, nicht einige Millionen Euro, sondern vielleicht nur 1000 Euro wert, und damit sind wir bei einem weiteren Unterscheidungsmerkmal. Kreativität ist nämlich nicht das einzige, was Kunst von Handwerk unterscheidet,« Marianne guckt schon wieder gelangweilt zur Decke, »Kunst muss auch gefragt sein.«

Christine runzelt die Stirn. »Wie bitte? Kommerz als Kunstmerkmal?«

»Ja! Stell dir vor, Dürer hat ein Bild gemalt, es im Keller versteckt und die Tür zugemauert. Bis heute hat kein Mensch das Bild jemals gesehen und wird es auch nie sehen. Außerhalb des Kellers wäre es ein Vermögen wert. Kunst, die niemand nutzt, also betrachtet, erlebt, fühlt und genießt, kann keine Kunst sein, es wäre – nichts. Kunst lebt also von dem Genuss oder auch von der Abscheu, jedenfalls aber von der Reaktion des Publikums.«

»Was ist mit Kunst, die der herrschenden Klasse nicht passt, die zum Beispiel verboten wird, so wie unter den Nazis die entartete Kunst?«, überlegt Christine.

»Das wiederum ist kein Kunst-Kriterium, und wenn, dann steigert es den Wert der Kunst«, Dopfner muss nun langsam die Kurve zu einem anderen Thema kriegen, denn er bewegt sich auf dünnem Eis und wenn sie weiter nachbohrt, weiß er bald nichts Kluges mehr: »Denn in dem Fall wäre es nicht nur Kunst, sondern auch noch ein geschichtlich hochinteressantes Beispiel für die Verkommenheit einer politischen Klasse, in dem Fall eben der Nazis. Aber, um das Thema abzuschließen«, Marianne steht auf und sagt: »Ich geh mal eine rauchen«, Imke erhebt sich ebenfalls: »Ich komm mit«, »also um das Thema abzuschließen«, nun sitzt er mit Christine endlich alleine am Tisch, »heute sind die meisten Experten der Meinung, dass es gar keinen Kunstbegriff gibt. Jeder Definitionsversuch sei zum Scheitern verurteilt. Wer also versucht, zu bestimmen, das ist Kunst und das ist keine Kunst, der hat schon verloren.«
»Und deshalb hast du so lange darüber Vorträge gehalten, bis deine Frau und deine Schwiegermutter angenervt rausgerannt sind?«
»Vielleicht«, sagt Dopfner und erschrickt über seinen eigenen Mut, »vielleicht ist es hin und wieder schön, mal mit jemandem zu sprechen, den man noch nicht so lange kennt.«
»Liebst du deine Frau?«, fragt Christine, während ihr nackter Fuß unterm Tisch Kontakt zu seinem Bein sucht.
»Ja und nein und manchmal und hin und wieder und dann doch nicht mehr, wie's halt so ist«, lautet seine lächelnde unverbindliche Antwort, aber das Bein nimmt er nicht weg.
»Ich muss dir was sagen,« fährt Christine fort.
»Okay?, was denn?«
»Ich bin mit deinem Assistenten hier. Kai hat mich gefragt, ob ich ihn besuchen komme während der Ermittlungen, auf der Fähre habe ich dann deine Frau kennengelernt, nun hast du Kai aufs Festland geschickt und ich bin allein hier. Nur, damit die Fronten zwischen uns klar sind.«

Jetzt nimmt er das Bein weg. Ach du Scheiße.
»In einem späteren Leben, wenn wir alle zum siebten Mal wiedergeboren werden«, murmelt Christine kaum hörbar vor sich hin, »kannste mich ja mal anrufen.«
Sie kritzelt eine Handynummer auf einen Bierdeckel und lässt ihn vor sich liegen. »Aber bitte erst in einem späteren Leben.«
Dopfner steckt den Bierdeckel nicht ein. Er legt ihn mit der Handynummer nach unten auf die äußerste Ecke des Tisches, bittet Annika um die Rechnung und zahlt. Dumm gelaufen, der Abend. Ganz dumm gelaufen.

Mitternacht. Pellworm schläft tief. Totale Windstille. Sternenklarer Himmel. Irgendwo blökt ein Schaf. Straßenlaternen gibt es nicht. Kein Haus weit und breit ist beleuchtet. Das Schilf raschelt sanft, irgend ein Tier wird sich hindurch wühlen und seinen Weg finden. Ein Fasan ruft nach seinen Hennen und markiert sein Revier. Von ferne antwortet ein Rivale. In den Ästen der Erlen startet eine Taube zum letzten Flug der Nacht. Ein blinkendes Licht am Himmel zeigt, verbunden mit einem fernen Ton, dass noch ein später Flieger den Luftraum über den nordfriesischen Inseln durchschneidet. Dopfner sitzt vorm Hotel »Kiek ut«, raucht eine Gute Nacht-Zigarette, während Marianne schon zu schlafen vorgibt, er zieht sein Handy raus, wählt die App »Flight Radar« und sieht einen Airbus der British Airways Pellworm überqueren, auf dem Flug von London nach Tokio.
Na, ihr da oben? Geschäftsleute? Urlauber? Ein paar Hundert Leute, und jeder hat seine Geschichte. So wie ich hier unten. Hat sein Schicksal, seine Sehnsüchte und Hoffnungen. Ein paar von denen da oben werden Japaner auf dem Rückflug sein, in ihr gewohntes Leben zurück, ein paar werden Briten sein, einige von ihnen auf dem Flug in eine ungewisse Zukunft, einige

wissen, was sie erwartet, andere nicht. Die meisten werden jetzt schlafen. Träumen vielleicht. Andere werden wach sein, Pläne schmieden oder Erinnerungen pflegen. Habt ihr schon gegessen? Was bietet die BA über Pellworm? Oder läuft ein Film? Dopfner träumt sich in den Flieger hinein, sieht die langen Sitzreihen, die Monitore, die Stewardessen, »Welcome on Bord on our Flight to Tokio Airport«, er war da ja noch nie, kann es sich also auch nicht richtig vorstellen, wie viele Asiaten sind wohl an Bord, und wie benehmen sich die Briten, sind die unflätig wie am Hotelpool auf Malle oder können die sich benehmen im Flieger?, man weiß es nicht. Steht der eine oder andere Asiate da oben vielleicht auf der Fahndungsliste? Aber eigentlich wolltest du doch über heute abend nachdenken, über dich selbst und deine Ehe und Christine, also versuch mal, Klarheit zu gewinnen.

Der Polizeibeamte ist enttäuscht und wütend, ärgert sich aber gleichzeitig über sich selbst. Wie kannst du in Gegenwart deiner Frau mit einer anderen flirten?, fragt sein Gewissen. Aber du hast doch gar nicht mit ihr geflirtet, wehrt sich sein Verteidigungstrieb. Du hast dich nur nett unterhalten, und das war völlig okay. Wieso hat Marianne nicht gesagt, dass Christine die Freundin von Piekmann ist? Das war ein Vertrauensbruch. Wieso hat sie dich lächerlich gemacht vor den anderen Frauen? Das macht man doch nicht. Wieso macht Christine dich an, obwohl sie weiß, dass du der Boss von ihrem Freund bist? Schlampe. Wieder das Gewissen: Du schaffst es schon, dass alle anderen die Schuld haben, nur du nicht. Aber ich hab doch gar nichts Schlimmes gemacht, trotzt sein Verteidigungstrieb auf. Nein, höhnt das Gewissen. Nur auf Christines Brüste gestarrt und zugelassen, dass sie mit ihrem nackten Fuß an deinem Bein herumschubbelt. Na, super. Das nenn ich mal »gar nichts Schlimmes gemacht«. Ich hab jedes Recht der Welt dazu, weil ich ein Mann bin. Und ich lasse mir kein schlechtes Gewissen einreden. Schon mal gar nicht von mir selber. Er greift in die rechte Innentasche seines Jacketts, in der sich stets ein Flachmann mit gutem schottischem Whisky befindet und zieht das im Mondlicht silbrig glänzende Fläschchen heraus. Obwohl er hin und wieder gern einen Schluck trinkt, ist Dopfner kein Alkoholiker, sondern der Flachmann ist sein Glücksbringer: Als er ihn vor 17 Jahren von seinen Kollegen auf dem Flensburger Revier zum Geburtstag geschenkt bekam, steckte er ihn in die Innentasche seiner Uniformjacke, geriet in der darauf folgenden Nacht in eine Schießerei und der Flachmann fing einen Querschläger ab, hat seitdem eine deutlich sichtbare Delle und ihm vermutlich das Leben gerettet. Seitdem trägt er ihn bei sich, muss ihn aber nur selten nachfüllen. Dies ist so eine Nacht, in der er einen Schluck vertragen könnte.

»Mathias? Was machst du denn noch so spät hier draußen?«

Christines Silhouette hebt sich wie ein Scherenschnitt von dem mondhellen Pellwormer Himmel ab, wie ein Gemälde sieht sie aus, und Dopfner spürt den Beginn einer spontanen Erektion, aber sein Gewissen schweigt dieses Mal dazu. Vermutlich hatte ein Verteidigungstrieb letztlich doch die besseren Argumente.

»Dasselbe könnte ich dich fragen. Setz dich doch. Willste auch einen Schluck?«

»Klar. Haste eine Zigarette?«

Es weht keine Brise, aber als er ihr Feuer gibt, legt sie beide Hände wie zum Windschutz um seine und lässt sie für einige Sekunden länger dort, als fürs Anzünden der Zigarette notwendig gewesen wäre.

»Du bist sauer, stimmt`s? Weil wir Frauen dir nicht gleich gesagt haben, dass ich mit Kai hier bin. Und dann«, sie streicht sich durch die Haare und zieht an ihrer Zigarette, »bist du noch verwirrt, weil ich dich angeflirtet habe. Schließlich bist du noch wütend auf dich selbst, weil du im Moment nicht durchblickst, und du bist ein Kontrollfreak, das bringt dein Job so mit sich. Alles in allem keine schöne Nacht für den großen Herrn Hauptkommissar, der immer alles im Griff haben möchte. Ist Marianne eigentlich glücklich mit dir?«

Während sie fast flüsternd sprach, hatte Dopfner seine Antwort vorbereitet, aber die Frage am Schluss kommt so überraschend, dass er darauf keine Antwort hat. Er sagt deshalb nichts und starrt in den Mond.

»O, der große Herr Hauptkommissar schweigt lieber. Aha…«

»Die Frage hat sich mir noch nie gestellt.«

»Fragen wie diese stellen sich nicht, die stellt man sich«, korrigiert sie ihn. »Aber wir müssen nicht darüber reden. Mir fiel nur auf, dass ihr so miteinander umgeht, wie ich das nie, niemals erleben möchte. Genervt irgendwie, allzu eingefahren. Weißt du«, sie lächelt in der Erinnerung, »ich hatte mal einen sehr schönen Urlaub auf Teneriffa, und in Masca, einem kleinen Bergdorf, da traf ich ein Ehepaar, also die kamen mir so entgegen auf einem schmalen Weg, der Mann musste niesen, und die Frau sagte laut: Was *machst* du denn? Mann, der hat geniest! Mehr nicht! Da hab ich gedacht: Wenn ich jemals einen Kerl habe, der niest und ich sage, was *machst* du denn, dann ist die Beziehung im Eimer. Dann ist sie tot.«

»Ich fand das nicht so witzig, dass Marianne mich heute abend aufgezogen hat wegen meinem Lieblingsthema, also mit Kunst und so. Du hast dich wenigstens dafür interessiert.«

»War auch spannend, hätte ich gern noch mehr drüber gehört. Und vor allem hattest du überhaupt nicht Recht, aber dazu sind wir ja nicht mehr gekommen«, lacht sie.

»Können wir ja nachholen. In einem späteren Leben…«

»Nee, denn du hast den Bierdeckel liegen lassen. Ich bin vielleicht eine Hexe. Ich tauche auf, verzaubere die Männer und verschwinde. Au ja, ich bin eine Hexe, scheiß auf die Fähre, ich reite morgen mit dem Besen aufs Festland über den Heverstrom bis nach Flensburg, kralle mir deinen Assistenten, werde schwanger und kriege sieben Hexenkinder. Super!«

»Ja, mach das mal. Ich bin ja sowieso zu alt für dich.«

»O, die Selbstmitleidsnummer. Wird immer wieder gern genommen. Wenn ein Kerl die Orientierung verliert und die Kontrolle nicht mehr hat, ist er entweder zu jung, um sich zu binden, oder zu alt. Ihr seid schon tolle Kerle.«

»Aber jetzt mal zu dir«, Dopfner muss dringend wieder die Hoheit über die Diskussion gewinnen, »du bist wie alt… 25?«

»Danke, der nächste Drink geht auf mich, 35. Und ich habe ein Kind, das ist sieben. Ist zur Zeit beim Papa. Wir leben getrennt, Scheidung läuft.«

»Und was machst du beruflich?«

»Und was machst du beruflich?«, imitiert sie ihn, »falsche Frage, man klassifiziert Menschen nicht nach ihrem Job ein. Vielleicht bin ich bei der Müllabfuhr, vielleicht gehe ich auf den Straßenstrich, vielleicht bin ich Urologin, was spielt das für eine Rolle?«

Dopfner spürt, dass er die Kontrolle über die Debatte zurück bekommt. »Pass mal auf. Ich interessiere mich für dich als Menschen und habe ja wohl das verdammte Recht, zu fragen, was du beruflich machst. Also erzähl's mir einfach.«

Gute Nummer, alter Macho. Richtige Diktion, richtiger Ton. Keine warnende Stimme vom Gewissen, kein Protest von der Gegenseite. Die Kleine kann eine direkte Ansprache verkraften. Sie sehnt sich sogar danach. Piekmann ist wahrscheinlich ein Weichei, ein Frauenversteher, ein privater Sandalenträger. Du aber bist ein richtiger Kerl.

»Okay, ich bin Streetworkerin und schlage mich mit Drogis und Huren herum«, sagt Christine. »Aber nicht in Flensburg, sondern in Hamburg. Ich versuch halt, sie irgendwie in Methadonprogramme oder von ihren Luden wegzukriegen, meistens aber beides. Nebenbei kellnere ich noch in einer Bar auf der Schanze, und wenn ich nicht schlafen kann, dann fahr ich die Taxe von meinem Ex-Freund, und wenn ich mal Fernweh kriege, dann nehm ich mir einen der 40-Tonner von meinem Papa, der hat eine Spedition, und da werden immer Fahrer gesucht. Noch Fragen, alter Mann?«

»Nein, keine weiteren Fragen.« Sie schweigen zu zweit. Die Pellwormer Luft ist dünn bei Windstille. Das Zimmer der Dopfners geht nach vorne raus. Leise zieht Marianne im ersten Stock die Gardinen zu. Sie hat Angst um ihre Ehe.

Am Morgen hat Dopfner Routine-Vernehmungen auf dem Zettel. Als er im PELL-E-Mobil seine Notizen sortiert, entdeckt er Imkes Hinweis auf den Pfarrer. Nur wieder so ein Insel-Gerücht, brummelt er. Trotzdem macht er mittags einen kleinen Umweg, als er eine Zeugin in Ostertilli vernehmen will und fährt langsam am katholischen Pfarrhaus vorbei. Tatsächlich. Da steht ein Möbelwagen vor der Tür. Das stimmt also schon mal. Der Pfarrer, ein gut aussehender, braun gebrannter Mann mit markanten Gesichtszügen, steht daneben und passt auf, dass die Packer seine Sachen vorsichtig behandeln. Dopfner fährt nachdenklich weiter, aber als er dann mit der Zeugin durch ist, fragt er beiläufig:

»Na, und euer katholischer Pfarrer verlässt euch? Hab den Möbelwagen vorhin gesehen. Wird der versetzt und kriegt ihr einen neuen, oder was?«

Die Frau schüttelt den Kopf. »Sehr seltsam ist das. Letzten Sonntag hat er noch gepredigt und alles und hat gesagt, was er die nächsten Wochen mit der Gemeinde vor hat, und gestern ist eine Postwurfsendung gekommen, dass er sich für immer verabschiedet. «Private Gründe», angeblich. Na, was der wohl für private Gründe hat, so als Priester. Aber wissen Sie, so ganz geheuer war der uns nie, all die Jahre, wo er hier gewesen ist. Ständig ist er nach Husum gefahren, manchmal nur für einen halben Tag, vormittags hin, nachmittags zurück, ich meine, was will der ständig in Husum?«

Dopfner behält das im Kopf, kann aber erst mal damit nichts anfangen. Es gibt einfach keine Verbindung zwischen dem Pfarrer und der Toten außer diesen wilden Gerüchten, die Schwiegermutter gehört haben will. Er lässt sich trotzdem darauf ein und hofft auf seine Inspiration, während er den Deich entlang fährt, einmal ganz um die Insel rum, vorbei am Strand-Café, dann zur Alten Kirche, den Sluutweg entlang, an der Nordermühle vorbei, gleich links ab und er denkt und denkt und denkt.

Gehen wir doch mal davon aus, dass die Gerüchte stimmen. Der Pfarrer liebt die Lehrerin, diese Marion Dorn. Die hat mal den Wattführer Andersen geliebt und ist schwanger geworden. Das Baby hat sie weggeben müssen. Wattführers Frau hat es großgezogen, ist aber gestorben. Sechs Monate später hat der Wattführer eine neue Liebschaft. Die wird ermordet. Der Wattführer auch. Irgend ein Bindeglied muss es geben zwischen Wattführer, der toten Svantje und Marion, der Lehrerin. Ey, denkt Dopfner, du bist dicht dran.

Aber dann ruft Piekmann an und wie üblich, verpackt er seine Ermittlungsergebnisse in irgend welche Nebensätze, natürlich nur, um seinen Chef zu ärgern. Langatmig erzählt er von Chats, in denen sich die Tote herumgetrieben hat, von E-Mails, die nicht weiterbringen und von Websites, die sie aufgerufen hat, um dann den Knaller so ganz zufällig hinzuwerfen: »Und dann war sie noch in einem Single-Chat unterwegs, da geht es ganz schön versaut zur Sache, und ihr Chatpartner, Chef, der hat sie zu einem Treffen auf den Parkplatz gelotst, wo sie dann ihr Leben ausgehaucht hat. Und bevor Sie jetzt fragen, wer ihr Chatpartner war…«

»Na spucken Sie`s schon aus«, bellt Dopfner atemlos und ärgert sich wieder mal die Plotze an den Hals, weil Piekmann ihn ständig provoziert, »wer ist der Typ, haben Sie`s schon rausgefunden?«

»Nee«, sagt Piekmann, »weil, der hat von einem Husumer Internet-Café aus gechattet. Dort wiederum… Aber Sie wollten was sagen, Chef?«

Dopfner könnte ihn erwürgen, zwingt sich aber zur Ruhe. »Nee, nee, ich hab nix gesagt, erzählen Sie weiter.«

Er kann förmlich hören, wie Piekmann die Situation genießt. »Okay, wo waren wir stehen geblieben? Dass Sie mich aber auch immer unterbrechen müssen…«

»Ich HABE Sie nicht unterbrochen«, Dopfner verliert fast die Nerven, »nun ERZÄHLEN Sie endlich, Mann!«

»Okay, okay. Weiß nicht, warum Sie immer so grob werden müssen. Aaaalso. NATÜRLICH war ich schon im Internet-Café. Bin gleich wieder von FL nach Husum zurück gefahren. Aber da kann man sich leider an den Typen nicht erinnern. Also fangen wir, genau genommen, wieder von vorne an.«

Dopfner zieht im Kopf irgend eine Schublade auf. Der Pfarrer. War oft in Husum. Warum, das weiß man nicht. Hat dann immer die letzte Fähre zurück genommen nach Pellworm. Packt jetzt, nach dem Mord, die Koffer. Offenbar eine total spontane Entscheidung. Warum verlässt der Mann die Insel? Und was hat er ständig in Husum zu suchen?

Dopfner ist klar, wie es weiter geht. Piekmann muss sofort nach Nordstrand und den Möbelwagen mit den Sachen vom Pfarrer beschatten. »Ich will wissen, wo er hinfährt, mit wem er sich trifft und was er überhaupt auf dem Festland will«, bellt er ins Handy. Piekmann ergänzt: »Das passt mir sowieso. Ich hab doch noch den Karton im Auto mit den Sachen, die wir beim Wattführer sichergestellt hatten. Wenn ich schon mal in Husum bin, kann ich den ja gleich bei diesem Sven vorbeibringen, seinem Sohn.«

»Ja, aber der Pfarrer geht vor.«

»Okay, Chef, so machen wir das.«

»Und tschüs.« Tschüs kannst du bald zu deiner Christine sagen, weil sie was mit deinem Chef anfangen wird, grinst Dopfner in sich hinein und wundert sich, dass Piekmann ihm so gar nicht leid tut. Jeder ist sich selbst der Nächste, Mathias. Steht das nicht sogar in der Bibel? Nein, Quatsch. Da steht wohl eher das Gegenteil.

Die Pellworm 1 ist fast pünktlich, Piekmann steht auf dem Deich und schaut zu, wie sie den Heverstrom überquert, im Schneckentempo näher kommt und größer und größer wird. Ein wunderschönes Bild. Die See ist glatt, es muss fast Hochwasser sein, die Sonne sinkt, dahinten der Leuchtturm von Pellworm und der Himmel färbt sich rot. Eigentlich schade, denkt Piekmann, dass ich nur so kurz auf der Insel war. Die hat irgendwie was. Obwohl da ja nun wirklich überhaupt nichts los ist. Wie es wohl Christine geht da drüben? Nicht, dass sie auf der Insel ihren Traummann kennen lernt… Aber die Chance, beruhigt er sich, ist wohl eher gering. Wen soll sie schon ausgerechnet auf Pellworm kennen lernen? Über ihm brummt ein Hubschrauber und durchschneidet die klare Luft Richtung Insel. Als er Pellworm erreicht, ist er nur noch ein Punkt am Horizont, aber Piekmann kann deutlich erkennen, dass er langsamer wird, einige Male kreist und tiefer geht. Da hat wohl jemand ein Problem.

Dopfners Handy brummt mit dem Sound des Motorrades im Leerlauf, als er sich im Büro der Fährgesellschaft NPDG am

Tiefwasseranleger die Kfz-Buchungen der letzten Wochen zeigen lässt, um die Husum-Besuche des Priesters aufzulisten. Soeben ist ein Hubschrauber ziemlich dicht über den Turm geflogen, in dem die NPDG ihren Sitz hat, darüber ist noch dieses kleine Café, ansonsten ist hier nichts. NPDG heißt »Neue Pellwormer Dampfschifffahrts-Gesellschaft« und hat mit der NPD absolut nichts zu tun. Dopfner findet trotzdem, dass die Abkürzung, nun, vielleicht etwas… unglücklich gewählt ist.
Auf dem Display erscheint Mariannes Nummer. »Hallo Schatz!« Seine Frau atmet schwer. »Pass auf, Mathias. Mama ist zusammengebrochen. Der Inselarzt sagt, Verdacht auf Herzinfarkt. Sie wird jetzt in die Klinik nach Husum geflogen, ich fliege mit. Melde mich von dort. Muss auflegen, der Hubschrauber landet.« Im Hintergrund Rotorengeräusch. Ach du Scheiße. Imke hat einen Infarkt?
»Bist du noch dran? Muss ja nicht stimmen. Ich komm nach, so schnell ich kann. Melde dich!«
Aber Marianne hat längst aufgelegt. Wenig später röhrt der Helikopter über den Turm am Tiefwasseranleger Richtung Husum, und Dopfner starrt ihm nach. Halt durch, Schwiegermama. Du schaffst das schon. Da oben sitzt seine Frau und hält jetzt die Hand ihrer Mutter. Und Dopfner wird diese Nacht mit Christine alleine auf der Insel sein.

Der Hubschrauber hat den Fähranleger in Strucklahnungshörn auf Nordstrand überflogen, vermutlich mit einem Patienten an Bord. Piekmann schaut zu, wie die Fähre vorsichtig anlegt. Da, der Möbelwagen, und das Auto vom Pfarrer gleich dahinter. Er schlendert zu seinem Wagen, den er auf dem reservierten Parkplatz für die Crew vom Rettungskreuzer »Eiswette« geparkt hat und hängt sich dran. Das ist nicht schwer. Auf der Straße durch Nordstrand wird kaum überholt und es gibt keine Ampeln, der

Möbelwagen ist nicht zu übersehen, und der Pfarrer zuckelt immer schön hinterher. Ein katholischer Pfarrer als Mörder, denkt Piekmann, das war auch noch nicht da. Der schafft es bestimmt in der BILD auf die Seite 1. »Katholischer Priester erwürgt seine Geliebte«, stellt er sich die Schlagzeile vor, und darunter nicht ganz so groß: »Aus Eifersucht auf einen Krabbenfischer«. Links geht es jetzt ab nach Hattstedt, aber nein, Möbelwagen und Pfarrer fahren geradeaus weiter, durch Schobüll, am Hotel Magisterhof vorbei und direkt nach Husum rein. Dopfner und sein Assistent hatten genug Zeit auf der Fahrt hierher, um wieder einmal ein bisschen Volkshochschule zu spielen. So wie immer: Dopfner doziert, Piekmann lauscht. Dieses Mal ging es um Husum. 1252 zum ersten Mal erwähnt in irgend einer Chronik. Damals hieß der dänische König Abel, so wie der Bruder von Kain, und er wollte den Nordfriesen irgend eine neue Steuer aufdrücken, aber die hatten keinen Bock drauf. Abel sammelte seine Mannen und zog erst gen Husum und dann den Kürzeren, denn die Husumer schlachteten ihn ab. Das war's dann mit der Steuer. Husum war eigentlich ein verschlafenes Kaff, das niemanden interessierte. Es hatte nicht einmal direkten Wasserzugang. Aber dann kam die große Flut, die »Grote Mandränke«, Rungholt versank und als die Husumer morgens aufwachten, rieben sie sich verwundert die Augen: Plötzlich waren sie eine Hafenstadt. Okay, sie bauten einen Marktplatz und im Nu war Husum eine Metropole, auf der alles mögliche gehandelt wurde. Wat dem ihn sin Uhl, is dem annern sin Nachtigal…

Husum, auch das wusste Dopfner zu berichten, besteht eigentlich aus zwei Worten: »Hus« und »um«. Das »Hus« steht für »viele Häuser« und das »um« für »An der Au«, also bedeutet »Husum« eigentlich »Viele Häuser an der Au«, also »am Wasser«. Nun war die Stadt richtig wichtig, aber wie so oft, kam auch hier Hochmut vor dem Fall, denn irgendwann im 15. Jahrhundert wurden die Husumer frech und hatten keinen Bock mehr auf ihren dänischen König, der jedoch die besseren Leute hatte. Jedenfalls wurde Husum beinahe platt gemacht, viele Häuser wurden zur Strafe abgefackelt und 70 wichtige Husumer einen Kopf kürzer gemacht. Das war den Überlebenden wohl eine Lehre. Jedenfalls haben sie danach brav ihre Steuern bezahlt.

Husum hat einige prominente Leute auf der Einwohnerliste. Ein paar davon kennt sogar Dopfner, und stolz zählt er sie auf. Hans Brüggemann zum Beispiel. Ein begnadeter Holzschnitzer, der den Bordesholmer Altar gemacht hat. 16. Jahrhundert. Haute aber wieder ab nach Walsrode bei Hannover, wo er hergekommen war. Die Reformation war nicht so sein Ding. Und Theodor Storm. 19. Jahrhundert. Dichter, Schriftsteller, Anwalt, Richter. Der berühmte »Schimmelreiter« war sein letztes Werk. Gestorben ist er an Magenkrebs. Wegen ihm heißt Husum heute immer noch die »graue Stadt am Meer«, denn so nannte er sie in einem Gedicht:

»Am grauen Strand, am grauen Meer und seitab liegt die Stadt; der Nebel drückt die Dächer schwer, und durch die Stille braust das Meer eintönig um die Stadt. Es rauscht kein Wald, es schlägt im Mai kein Vogel ohn' Unterlass; die Wandergans mit hartem Schrei nur fliegt in Herbstesnacht vorbei, am Strande weht das Gras. Doch hängt mein ganzes Herz an dir, du graue Stadt am Meer. Der Jugend Zauber für und für ruht lächelnd doch auf dir, auf dir, du graue Stadt am Meer.«

Was Dopfner aber offenbar nicht weiß, ist dies, und Piekmann grinst in sich hinein: Ein Urenkel von Theodor Storm ist Peter Bachér, der so herzergreifende Geschichten über das Zusammenleben der Menschen, über Sitte, Moral und Anstand und über das Leben überhaupt schreibt.

Husum ist immer noch ein hübsches Städtchen mit niedlichen Häusern vor romantischer Kulisse, hat aber viel von seinem ursprünglichen Charme verloren. Der kleine Einzelhandel, der früher die wenigen belebten Straßen am Hafen so liebenswert machte, musste wie überall den großen Handelsketten weichen. Systemgastronomie ersetzt den knorrigen nordfriesischen Wirt, viele Restaurants verlangen für lieblos zubereitete Ware mit fragwürdiger Qualität astronomische Preise, schnell wird der Tourist abgefertigt und die meisten Servicekräfte sprechen mit polnischem Akzent. Wer richtig gut essen will, muss die Geheimtipps kennen, zum Beispiel an die Stadtgrenze in den ehrwürdigen Magisterhof fahren, wo die Scholle noch nach Scholle schmeckt und man den Krabben glaubt, dass sie von hier kommen und nicht in Marokko gepult wurden.

Die Krabbe ist ein Opfer des EU-Wahnsinns. Seit ungefähr zehn Jahren darf sie nur noch in gekachelten und gekühlten Räumen gepult werden. Die Lohnkosten sind auch gestiegen. Die Zeiten, wo nordfriesische Hausfrauen ein bisschen nebenbei verdienten mit Krabbenpulen, sind wohl endgültig vorbei. Inzwischen gibt es zwar, was man früher für unmöglich hielt, Krabbenpulmaschinen, die die winzigen Meeresbewohner in die richtige Position bringen, um ihnen mit elektronisch gesteuerten Messerchen den Bauch aufzuschlitzen und sie mit Druckluft aus ihrer Schale zu pusten, aber so eine Maschine kostet um die 80 000 Euro, und das rechnet sich nur für wenige Unternehmer, die allerdings damit werben können, dass ihre Krabben garantiert superfrisch sind. Aber weiß der Gast das wirklich zu würdigen? Ist er bereit, für sein Krabbenbrötchen einen oder zwei Euro mehr zu bezahlen, nur weil es fischiger schmeckt als das Produkt am Stand nebenan?

Das Problem der Krabbe ist auch das des Schweines, des Rindes und des Huhns. Das Problem ist der Mensch. Er schreit nach

Naturprodukten von glücklichen Tieren, er findet Legebatterien fürchterlich, er weint über schnell hochgezüchtete Ferkel, die niemals in ihrem kurzen Leben die Sonne gesehen haben und er leidet mit Kälbern, die zum Schlachten geboren werden. Aber beim Aldi und beim Lidl steht er morgens Schlange, wenn es Schweinenacken im Sonderangebot zu Preisen gibt, die selbst eine Niete im Rechnen zum Nachdenken animieren müssten: Für so wenig Geld kann es einfach keine gute Qualität geben! Wir alle müssten für Lebensmittel ungefähr das Dreifache ausgeben, wenn wir auch nur annähernd unseren eigenen Maßstäben gerecht würden.

So um die 10 000 Tonnen Krabben werden jährlich in deutschen Gewässern abgefischt. Nicht mehr als 5000 Menschen leben bei uns von dieser Minderheiten-Branche. Sie alle hängen am Tropf der Holländer, denn die deutsche Krabbenindustrie hat sich vertraglich an die großen Konzerne gebunden, die nun mal in den Niederlanden ansässig sind. Eine gute Idee war das nicht. Die Konzerne diktieren die Preise. In manch einem Jahr fährt ein deutscher Krabbenkutter kaum den Sprit ein, den sein Kutter verbraucht, und der ist mit 4-6 Litern Diesel pro Stunde relativ preiswert zu unterhalten. Trotzdem verdienen deutsche Krabbenfischer in schlechten Jahren kaum. Das hat bereits zu küstenweiten Streiks geführt: Sie fuhren einfach nicht mehr raus und die Krabbenpreise zogen wieder an.

Die Krabben werden entweder tiefgekühlt zwischengelagert, wenn die Nachfrage niedrig und das Angebot groß ist, oder sie werden gleich in Kühl-Trucks nach Marokko geschafft, wo wiederum Tausende Arbeitskräfte bereit stehen, um sie per Hand zu pulen. Eine Krabbenpulerin in Marokko bekommt zwischen vier und sechs Euro täglich. Und die Krabbe, die in Husum auf dem Fischbrötchen liegt, ist ungefähr zehn Tage tot. Das ist zwar gesundheitlich unbedenklich, aber auch nicht wirklich

frisch. Es kommt die Zeit, denkt Piekmann, wo wir wirklich die Erde retten müssen. Dann fährt kein Kühllaster mehr von Husum nach Marokko und zurück und bläst seinen Auspuff in die Luft und es lebt auch kein Schwein mehr im Dunkeln, aber dann kann sich auch kein Rentner mehr ein Krabbenbrötchen leisten und ein Schweinenackensteak ist Luxus so wie heute ein Filet vom Kalb. Wo wollen wir eigentlich hin? Sind wir wirklich bereit, für ein Ei vom freilaufenden Huhn 40 oder 50 Cent mehr zu bezahlen? Aber selbst wenn: Was würde aus den Tausenden marokkanischen Familien, wo die Frau Krabben pulen geht, wenn wir das Ergebnis ihrer geschickten Handarbeit boykottieren würden? Müssten die dann hungern? Muss man nicht dieselbe Frage stellen, wenn es um Kinderarbeit in Indien oder Bangladesch geht? Wir kaufen T-Shirts für unter zehn Euro und wissen genau, dass sie in irgend einer unmenschlichen Fabrik produziert worden sind, wo beim nächsten Feuer wahrscheinlich wieder einmal Hunderte sterben müssen. Aber vom minimalen Lohn leben Familien und werden vielleicht Kinder auf Schulen geschickt. Boykott oder nicht?
Piekmann denkt noch weiter und wagt sich an ein Tabuthema heran, denn soeben fällt ihm Kinderprostitution ein. Sei es in Thailand oder anderswo. Abscheulich. Aber wenn eine Kinderprostituierte oder wie man das Kind nennen mag damit die Familie vorm Hungern bewahrt? Was würde aus der Familie, wenn plötzlich alle alten geifernden deutschen Freier ausbleiben würden? Er weckt sich kopfschüttelnd aus solchen kranken Gedanken auf, denn er weiß darauf keine Antwort und ist auch nicht bereit, sich weiterhin damit auseinanderzusetzen. Aber eigentlich sieht er keinen gravierenden Unterschied zwischen einem Supermarktkunden, der wider besseres Wissen ein Schweinesteak zum Kilopreis von unter drei Euro kauft und dem Freier einer… Nee. Das geht nun wirklich zu weit.

Möbelwagen und Pfarrer stoppen vor einem kleinen Haus in einer Seitenstraße dicht beim Husumer Hafen. Piekmann parkt seinen Wagen etwas dahinter und schlendert näher. Er setzt sich in ein Café, wo er einen guten Blick hat und bestellt sich einen Kaffee. Die Bedienung ist gar nicht so schweigsam, wie man sich Nordfriesen vorstellt, aber sie kommt auch nicht von hier. »Aus Saggsen.« Sie ist redselig und kennt sich aus in der Nachbarschaft. Piekmann weiß schon nach kurzer Zeit genug. Das hier hat Zeit, soviel ist sicher. Während die Möbelpacker die Sachen des Pfarrers ins Haus bringen, fährt er erst mal zur WG, wo der Sohn des ermordeten Wattführers mit einem Kumpel lebt. Schließlich möchte er den Riesen-Karton aus dem Kofferraum raus haben, in dem die Hinterlassenschaften von Svens totem Vater sind. Im Paketshop in Flensburg wartet ein Karton, der fast ebenso groß sein dürfte und für den er Platz im Kofferraum braucht. In dem Karton wird alles sein, was Piekmanns Herz höher schlagen lässt, er hat es bei Ebay ersteigert: Drei HO-Loks aus den 50ern, darunter die legendäre V 200, den Märklin-Kran noch aus echtem Blech und mit diesem unnachahmlich krächzenden Geheule beim Drehen des Auslegers, dann einige hundert Weichen, mehrere Tunnel aus Pappmachèe, ein kompletter Bergbahnhof, eine Kuhherde, der Bauer auf einem Deutz D50 von 1963, eine Seilbahn, die zwar zur Zeit noch mit Kurbelbetrieb Skiläufer auf einen ebenfalls mitgelieferten Berg von ca. 50 cm Gipfelhöhe bringt, die er jedoch mit einem Elektromotor zu versehen gedenkt, selbstverständlich digital anzusteuern.

Piekmann kann natürlich alle seine Loks, Kräne, Weichen, Signale und überhaupt alles, was sich auf der gigantischen Anlage bewegen lässt, mit ihren digitalen Kennziffern auswendig herbeten und er weiß, dass diese Seilbahn die Nummer 936 tragen wird. »Neun Skiläufer trinken drei Schnäpse vorm Sex«, ist

seine Eselsbrücke, mit der er die 936 versieht und seinen Kopf trainiert und mit ähnlichen Geschichten hat er die anderen 935 digitalen Kennziffern versehen, so dass er keine Sekunde überlegen muss, um z.B. den Kran im Verladebahnhof von Maschen bei Hamburg anzusteuern, der auf die 137 hört: »Ein Kran schafft drei Container in sieben Minuten«.
Als Modellbahnen noch nicht digitalisiert waren, hätte eine Anlage von derartigem Ausmaß ein Steuerpult in der Größe eines Esstisches erfordert, mit Hunderten von kleinen blauweißen Stellpulten, die maximal vier verschiedene Ziele ansteuerten. Je zwei Knöpfe pro Ziel, also zum Beispiel eine Straßenlaterne: Einer für Ein, einer für Aus. Dazu Extra-Pulte für die Kräne mit sogar sechs Knöpfen – hoch, runter, links, rechts und Licht im Führerhaus ein und aus. Dann wären noch klobige Trafos mit Geschwindigkeitsreglern einzuplanen gewesen, jeder Einzelne zigarrenkistengroß, und unter den auf soliden Gestellen stehenden Grundplatten hätten kilometerweise Kabel verlegt werden müssen. Piekmanns Steuerstand hingegen besteht aus einem einzigen Kästchen mit einem Ziffernfeld, einigen Tasten und einem einzigen Geschwindigkeitsregler für seine ca. 100 Loks. Nummer eintippen, Befehl eingeben und es läuft. Das ist zwar einfach, aber gleichzeitig Schwerstarbeit: 100 Züge gleichzeitig in einem einzigen Stromkreis, drei Stunden fahren, dabei noch auf- und abladen und kein einziger Crash ist bisher Piekmanns Rekord, aber beim Versuch, ihn zu brechen, ist der ICE von Hamburg nach München mit einem Güterzug von Frankfurt nach Flensburg zusammengestoßen und es gab gefühlte 113 Tote, weil Piekmann im Sitzen eingeschlafen war. Shit happens.

Piekmann hat ein Vorbild. Einen Guru. Einen Gott. Nicht seinen Chef, den dämlichen Dopfner, der sich für allwissend hält und Piekmann ständig sein von Wikipedia aufgefrischtes Volkshochschulwissen unter die Nase reiben muss, sondern einen kriminalistisch völlig unbelasteten Menschen namens Frederik Braun. Der Herr über 1300 qm Erlebniswelt im Maßstab 1:87, also HO, ist Herr über 930 digital gesteuerte Züge und einer der Bosse im Miniatur Wunderland, kurz MiWuLa, der weltweit größten Modellbahnanlage in der Hamburger Speicherstadt. Über 10 Millionen Besucher hatte Braun schon. Wenn Piekmann träumt, dann von Braun.

Es ist eine Erfolgsgeschichte, die wohl nur Männer verstehen können, obwohl mindestens ebenso viele Frauen sich vor den Kassen des MiWuLa die Beine in den Bauch stehen. Der Kripomann hat einfach alles über Braun gelesen und verbringt zum Gespött seiner Kollegen fast jeden Jahresurlaub in Hamburg, nur um täglich in Brauns Wunderland gehen zu können. Besonders fasziniert ihn die Vita dieses Mannes, der alles auf eine Karte setzte – und gewann.

Es war im Jahre 2000, als Frederik Braun Urlaub in der Schweiz machte und dort in einem Modellbahn-Laden eine Idee hatte, die sein Leben ändern sollte: Er wollte eine riesige Modellbahn bauen, so wie sie die Welt noch nicht gesehen hatte. Er machte eine Umfrage im Internet, welche Sehenswürdigkeiten die Menschen wohl interessieren würden und seine Modellbahn kam bei den befragten Männern sofort auf Platz 3. Er schrieb auf zwei Seiten ein Konzept, konnte die örtliche Sparkasse überzeugen und fing zu bauen an. Inzwischen hat er rund 12 Millionen Euro investiert. Von den Alpen bis Miami, von Las Vegas bis zur Raketen-Abschussrampe gibt es alles, was man schon immer einmal sehen wollte. Alle 15 Minuten wird der Tag zur Nacht. Da fahren Feuerwehrautos zu brennenden Häusern, der ICE braust durch den Kanton Graubünden, die Lufthansa fliegt den Airport Knuffingen an und auf der Nordsee fahren Frachter

in die Elbmündung. Pellworm ist zwar noch nicht Bestandteil der riesigen Anlage, wohl aber werden Ebbe und Flut simuliert. Das »MiWuLa« ist eine der wichtigsten Sehenswürdigkeiten Hamburgs, steht längst im Guinessbuch der Weltrekorde und beflügelt Piekmanns Phantasie, wenn er abends die elektronisch gesteuerten Züge durch sein Reihenhaus düsen lässt.
Was fasziniert dich eigentlich so am Modellbahn-Fahren?, fragt er sich selbst und staunt einen Moment, dass er sich diese Frage noch niemals gestellt hat. Er denkt nach. Es ist wohl... Es ist wohl so: Am Steuerpult der Bahn hat alles seine Ordnung. Du setzt dich ran und bist in einer geschlossenen Welt. Niemand kann dir was. Es gibt keine Unwägbarkeiten, keine Überraschungen. Die Bahn fährt so, wie du sie fährst. Im Job, als Ermittler, kommt dir ständig irgend etwas dazwischen und du bist ein Getriebener. Auf der Bahn bist du derjenige, der treibt. Der fahren lässt. Der manchmal, er grinst über das Wortspiel, auch »einen fahren lässt«. Da bist du ja ganz allein. Aber wichtiger ist die Verlässlichkeit von so einem Steuerpult. Das geht wahrscheinlich einem Krabbenfischer auch so, wenn er sein Ruderhaus betritt und die Maschine startet. Das mag einem Maler so gehen, wenn er die Tür von seinem Atelier von innen schließt. Das geht einem Schreiberling so, wenn er seinen Laptop hoch fährt: Hier hat alles seine Ordnung, hier ist alles wie immer, hier bin ich zu Hause und hier kann mich keiner stören. Vor allem keine Frau.

Piekmann reißt sich aus seinen Gedanken ans MiWuLa los, denn er steht jetzt vor der WG und klingelt. Nix. Die Jungs sind ausgeflogen. So ein Mist, dann bleibt der Krempel noch eine Nacht im Auto. Soll ich hier warten, bis ich schwarz werde? Nee. Ich fahre nach Flensburg zurück, mache mir einen schönen Abend und hole vorher noch das Paket ab. Irgendwie krieg ich das schon ins Auto. Oder ich lade den Karton hier einfach ab und stelle ihn vor die Tür... Nein, Piekmann. Es sind die Hinterlassenschaften eines Mordopfers, und die wirst du morgen schon selbst übergeben müssen. Nordseeluft macht die meisten Menschen unglaublich müde. Piekmann sehnt sich nach seinem eigenen Bett. Flensburg ist ja nicht so weit. Ach, Christine... Ob sie wohl sauer ist auf ihn? Sollte er sie noch einmal anrufen? Aber zumindest beim Chef müsstest du dich doch mal melden. Andererseits... Kann der nicht auch anrufen, wenn er was will? Piekmann dreht den Zündschlüssel und verlässt die »graue Stadt am Meer«. Vielleicht heute abend noch mal `ne Runde HO fahren? Muss ja nicht gerade ein neuer Rekord werden... Andererseits... Er hat seine Züge eigentlich noch niemals auf die Reise geschickt, ohne einen neuen Rekordversuch zu starten. Frederik Braun wäre stolz auf dich, Kai. Aber der kennt ja noch nicht mal deinen Namen.

Es senkt sich eine weitere sternenklare Nacht auf Pellworm. Dopfner hatte keine Lust mehr, Piekmann noch einmal anzurufen. Stattdessen hat er die Nummer des Gasthofs an der Alten Kirche gewählt.
»Dopfner, Kripo. Sind Ihre Mülltonnen heute geleert worden?«
»Nein, wieso?«
»Dann fassen Sie die nicht an. Ich bin gleich da.«
Mülltonnen-Inspektion. Dopfner liebt das. Es riecht so schön. Wühlen. Graben. Brechreiz. Mülltonnen halt, so wie er sie in seiner Karriere bis zum Ersten Hauptkommissar schon tausend Mal durchsucht hat. Dann der Fund. Ein Bierdeckel. Die Handynummer von Christine.
»Ja, hallo?«
»Wie es aussieht, sind wir beiden Hübschen heute abend allein auf der Insel. Gehen wir essen?«
»Äh, ja, gern, aber wieso allein?«

»Schwiegermutter hatte einen Infarkt, oder Verdacht, oder was weiß ich. Jedenfalls sind die beiden mit dem Hubi aufs Festland geflogen. Und da dachte ich, eh' ich alleine los ziehe, könnte ich dich ja fragen...«

»Und jetzt sagst du gleich, natürlich alles ganz harmlos und ohne Hintergedanken, wetten?«

»Natürlich alles ganz harmlos und ohne Hintergedanken.«

Christine schweigt. »Nein,« sagt sie dann.

»Wie jetzt: Nein?«

»Deine Schwiegermutter ist im Krankenhaus, deine Frau sitzt an ihrem Bett und heult sich die Augen aus, und du willst am selben Abend mit mir essen gehen? Also so was Perverses hab ich noch nie gehört. Vergiss es.«

Und sie legt auf. Dopfner fühlt sich so blöd wie mit zehn, als er einer 16-Jährigen tapfer seine Liebe gestand und sie ihm genau so mitfühlend über die Haare strich, wie es seine Mutter immer tat. Er fährt zum Hotel »Kiek ut« zurück, rüttelt an der verschlossenen Tür der Bar »Likedeeler«, bis der Wirt oben aus dem Fenster schaut, lässt ihn herunter kommen, kauft ihm eine Flasche Whisky ab, lässt sich dazu einen Sektkübel mit Eiswürfeln füllen und verzieht sich wundenleckend auf sein Zimmer, wo er sich trotz Rauchverbot eine nach der anderen ansteckt. Der Whisky lindert den Herzschmerz und die Scham, aber er öffnet auch das Gehirn für neue Gedanken. »Jonny Walker, du bist mein bester Freund«, summt der Polizist und zieht Bilanz. Also. Bei dem Mädel hast du verkackt. Das ist nicht weiter tragisch. War sowieso zu jung für dich. Marianne wird es nie erfahren. Die beiden haben keinen Kontakt, hoffst du jedenfalls. Und wenn sie Handynummern ausgetauscht haben, dann wird Christine die Klappe halten. Soweit alles klar. Dein Problem, Dopfner, ist ein anderes. Dein Problem ist Piekmann. Wenn Christine ihm erzählt, dass du... Aber das kriegst du raus. Achte auf seine Körpersprache, auf seine Augen, seine Gestik. Wenn er es weiß, wirst du es merken. Aber wahrscheinlich wird Christine darüber nicht mit ihm sprechen. Außerdem, verdammt: Du hast doch gar nichts gemacht! Fünf Leute auf der Insel. Ein Ehepaar mit Mutter, ein Kollege, eine Fast-Freundin. Drei davon verlassen die Insel überstürzt: Die Frau mit Mutter wegen Krankheit, der Kollege wegen Ermittlungen, bleiben der Mann und die Fast-Freundin. Was ist dabei, wenn sich der Mann um die Fast-Freundin des Kollegen kümmert, nur für ein harmloses Essen? Gebietet das nicht sogar die Höflichkeit? Noch ein Glas, noch zwei Eiswürfel. Genau. Dopfner sagt es laut vor sich hin. »Das gebietet die Höflichkeit«, und er lacht laut. Es klopft.

Wie jetzt, es klopft? »Ja, verdammt, ich hab geraucht«, ruft Dopfner. »Mach ich nicht mehr, okay? Mann, habt ihr hier auf Pellworm die totale Zimmerüberwachung oder was? Ich schlafe schon.«

Es klopft noch einmal. Dopfner wankt zur Tür. O, der Whisky. Er dreht den Schlüssel nach links und macht die Tür auf. »Ich hab doch gesagt, dass ich nicht mehr…« Christine. Warm, weich, schön.

»So, Frau Dopfner. Sie können Ihre Mutter dann direkt mitnehmen. Es ist eindeutig kein Infarkt, vermutlich eine Magenverstimmung, aber es war richtig, dass sie gleich zu uns gebracht worden ist. In dem Alter, na Sie wissen schon… Aber alle Werte sind perfekt, Sie können stolz sein auf sie. Wir haben sie einmal gründlich durchgecheckt, das sollte sie allerdings alle sechs Monate mal wiederholen. Wie sie uns sehr drastisch mitgeteilt hat«, der höchstens 30-jährige Arzt grinst, »war sie ungefähr 70 Jahre in keiner Praxis. Also, alle sechs Monate zum Check, beim Allgemeinmediziner oder noch besser beim Internisten, und sie hat beste Chancen, hundert zu werden. Tja, das war's dann, in ungefähr einer halben Stunde kommt die Schwester mit den Papieren, Sie können schon mal alles klar machen und eine Taxe besorgt Ihnen der Pförtner. Alles Gute für Sie.« Und weg ist er. So also verabschieden sich Engel. Marianne hat Tränen in den Augen.

»Heul leise, Kind«, ätzt ihre Mutter. »Muss doch nicht jeder mitkriegen, dass du so dicht am Wasser gebaut bist. Iss ja nix passiert, außer dass wir mal Heli geflogen sind. Geil, oder? Du, beim Hafenfest auf Pellworm kosten fünf Minuten Heli glatt 35 Euro, und unseren Flug zahlt die Kasse! Ich lach mich schlapp.«

Dopfners Uhr zeigt halb elf, als sein Handy brummt. Verschlafen tastet er danach. Verdammt, es muss halb acht gewesen sein, als sie eingeschlafen sind. Wer ist dran? Piekmann? Nein, Marianne. Ihr Foto ist auf dem Display. Dopfner wirft einen Blick auf die andere Seite des Bettes, wo Christines verwuschelte Haare aus den Kissen zu sehen sind.

»Hallo, Schatz.«

»Hey, ich kann dich kaum hören, sprich mal lauter! Alles okay hier, es war kein Infarkt. Schatz… Ist was…?«

»Nee, ich bin nur gerade in einer Vernehmung. Ruf dich zurück, freu mich.« Er legt auf.

»Hallo Schatz«, knurrt Christine aus den Kissen, »hallo Schatz, ich bin in einer Vernehmung. Na, toll.« Dann schläft sie wieder ein, und Dopfner zieht sich was über. Shit. Frühstück gibt es bestimmt nicht mehr.

Christine hat Dopfners hingekritzelten Zettel gelesen, rufe dich nachher an steht da, Imke = kein Infarkt, immerhin mit einem Smiley, sie findet, dass ein paar Worte mehr wohl hätten drin sein müssen, zum Beispiel: Was für eine wunderbare Liebesnacht, aber – Männer! Kai hätte ebenso knapp geschrieben, die

Kürze seiner SMS, wenn er denn mal eine verschickt, ist legendär und kaum zu toppen. Sie mietet sich im Hotel ein Fahrrad und lässt sich vom Nordwestwind, der angenehm von hinten kommt, mit der Inselkarte in der Hand in Richtung Vogelkoje treiben. Über die mittelalterliche Technik, Millionen Enten in die Falle zu locken und ihnen die Hälse umzudrehen, hat sie schon mal irgendwo etwas gelesen, aber noch nie eine echte Vogelkoje aus der Nähe gesehen. Die Pellwormer Vogelkoje soll noch gut erhalten sein. Sie liegt im Ütermarkerkoog, an der Volksbank biegt Christine links ab und gelangt nach einigen Minuten, immer am Deich entlang, zum einzigen Waldstück der Insel, durch das eine Art Lehrpfad mit Schautafeln und Ruhebänken führt. Dann steht sie vor dem quadratischen, künstlich angelegten Teich, von dessen vier Ecken kaum zwei Meter breite, längst vermooste Kanäle abzweigen, die etwa 50 Meter weit ins Unterholz führen und jeweils eine leichte Rechtsbiegung machen. Von oben müsste diese Konstruktion, wenn sie nicht von hohen Bäumen verdeckt wäre, deren Kronen sich über den Kanälen vereinen, wie ein riesiges X aussehen, dessen Zeichner vier Mal der Stift verrutscht ist. Seltsam. Aber sie weiß, dass alle Vogelkojen Kanäle mit einer leichten Biegung hatten. Vielleicht, um den Enten den Rückzug zu erschweren?
Vogelkojen waren vom 16. Jahrhundert an und noch bis ins 20. hinein eine nicht gerade humane, jedoch äußerst effektive Falle für Wildenten auf ihrem Zug in den Süden oder nach Norden. Über den Kanälen waren damals Reusen, also Netze gespannt, die ein Entkommen nach oben unmöglich machten. Man setzte zahme Lockenten in den Teich, fütterte sie gut an und mit lautem Schnattern signalisierten sie kilometerweit, dass es hier unten leckeres Futter gibt. Enten sind eben solidarischer als Menschen, geht ihr durch den Kopf. Ich würde mich doch niemals auf die Straße stellen und laut rufen, Leute,

hier liegt ein Schatz, kommt her und nehmt euch auch was! Die Lockenten leben im Paradies und anstatt die Klappe zu halten, rufen sie alles herbei, was da oben fliegt. Millionen Wildenten hörten die Rufe, ließen sich im Teich nieder und schwammen in die Kanäle oder wurden von sogenannten »Kojenhunden« hinein getrieben. Das war ihr Ende, denn am Ende der Kanäle fischte sie der »Kojenmann« aus dem Wasser und »ringelte« sie, das heißt, er drehte ihnen den Hals um. Auf Amrum, in der Vogelkoje von Meeram, wurden zwischen 1876 und 1935, das ist genau registriert, 417.569 Spieß-, Pfeif- und Knickenten gefangen und getötet, in der Oevenumer Koje auf Föhr waren es zwischen 1730 und 1983 sogar 3.033.579 Enten. Das Fleisch wurde nicht nur frisch verzehrt, sondern auch gepökelt und in Fässchen verschickt. So waren die Schiffe mit den Auswanderern Ende des 19. Jahrhunderts Großabnehmer des Entenfleisches, das aus den nordfriesischen Vogelkojen stammte: Auf ihrer Atlantikfahrt nach Amerika genossen die feinen Herrschaften in der Ersten Klasse diese Delikatesse. Christine hat sich auf eine der Bänke gesetzt und auf Vogelkoje gegoogelt, auf Wikipedia ist sogar ein Foto der Pellwormer Vogelkoje zu sehen! Sie sucht die Stelle, wo das Foto entstanden sein könnte, aber es gibt mehrere, denn die vier Kanäle mit ihren sanften Rundungen sehen sich zum Verwechseln ähnlich. »Ringeln«, hieß also das Halsumdrehen, »Ringeln« oder »Kringeln«. Ob die »Ringelgans« daher ihren Namen hat? Und wenn man sagt: Ich könnte mich kringeln, meint das dann: Ich könnte mir den Hals umdrehen? Sinn macht das nicht, denn »sich kringeln« bedeutet doch »sich totlachen«! Oder doch: Die Ente wird totgekringelt, und man selbst kringelt sich vor Lachen fast tot. Tot ist tot. Und Mariannes Mutter könnte jetzt auch tot sein, wenn es denn ein Infarkt gewesen wäre. Damit sind Christines Gedanken wieder bei der komplizierten Realität. Auf der windigen Fahrt hierher, vorbei an den kleinen, mit üppig blühenden Kletterrosen verzierten Reetdachhäusern, von denen viele auf Mini-Warften stehen, die so steil sind, dass die Hausbesitzer ihre Rasenmäher an einer Leine die Warft hinunter rollen lassen und wieder hochziehen, hatte sie die Gedanken an die letzte Nacht mit Mathias immer wieder verscheucht und sich aufs Fahren und die schöne Landschaft zu konzentrieren versucht. Aber jetzt in der Stille der Vogelkoje im Ütermarkerkoog ist die Stimme ihres zweiten Ichs, das meistens die Rolle des Gewissens übernimmt, nicht mehr zu überhören.

Sag mal, spinnst du?, sagt die Stimme. *Nicht nur, dass du was mit einem verheirateten Mann anfängst. Er ist auch noch der Chef von dem Typen, der sich hier mit dir verabredet hat! Wie willst du dem das erklären, oder lieber gar nichts erklären? Einfach nicht mehr melden?*

Ich hab doch gar nichts Schlimmes gemacht! Ich bin jung, ich bin frei, ich bin Single und ich kann ins Bett gehen, mit wem ich will, verteidigt sie sich, aber es klingt selbst in Gedanken nicht sehr überzeugungsstark und sie weiß jetzt schon, dass sich ihr zweites Ich mit solch lachhaften Argumenten nicht zufrieden geben wird.

Dumme Kuh! Erst lernst du seine Frau kennen und über sie ihre Mutter. Findest die beiden auch noch nett, und sie nehmen dich ganz selbstverständlich auf. Dann kommt der Mann dazu. Du gehst einmal mit den Dreien essen und in der nächsten Nacht mit dem Kerl in die Koje?

Mooooment. Koje ist ein Wort aus dem Holländischen. Kooi bedeutet Käfig, Verschlag, Stall. Hab ich gerade bei Wiki gelernt. Ich bin weder mit ihm in einen Käfig, noch in einen Verschlag, noch in einen Stall gegangen. Nur ins Bett.

Jetzt hör auf mit der Wortklauberei. Lenk nicht ab. Überleg dir lieber, wie es jetzt weitergehen soll. Komm, denk nach!

Also, okay. Ich denk ja nach. Aber wenn du ständig dazwischen quatschst, wird es nicht gerade einfacher. Ein schlechtes Gewissen hab ich auch ohne dich.
Ich BIN dein schlechtes Gewissen.
Die erste Frage ist doch, was ich eigentlich will.
Nein. Die erste Frage ist, ob du noch ganz dicht in der Birne bist.
Hab es jetzt kapiert! Lass mich nachdenken und halt die Klappe. Aber warum muss ich mich eigentlich ständig rechtfertigen, und wieso sitze ich hier und grübele? Kann ich nicht einfach endlich einmal das tun, wozu ich gerade Lust habe und Scheiß auf Konsequenzen? Lass sie doch beide abhauen oder keinen, lass Marianne bei Mathias bleiben oder ihn verlassen, was interessiert mich Kai, was soll der ganze Scheiß eigentlich? Ich hab mein ganzes Leben immer gemacht, was andere von mir gewollt haben oder richtig fanden. Freiheit geht anders, irgendwie. Frei bin ich bisher gewesen, wenn ich im Lkw gesessen hab und vor mir die Autobahn und das war Flucht aus allem, einfach wech und tschüs. Hamburg-Marokko und zurück mit 30 Tonnen Krabbenfleisch, ganz allein, aber das war doch nicht real life. Ich war Aushilfskutscher bei Papa in der Spedition, mehr nicht. Verdammt, ich will mich nicht ständig rechtfertigen müssen. Hast du das jetzt begriffen?
Gut finde ich's nicht, trotzdem.
Aber das zweite Ich ist leiser geworden, es klingt irgendwie von sehr weit her, brüchige Stimme, nichts mehr von dem siegessicheren Selbstbewusstsein. Christine nimmt einen kleinen Ast vom Boden auf, betrachtet ihn und wirft ihn ins moosige Wasser des Kanals. Jetzt hab ich endlich mal mein dämliches zweites Ich geringelt oder gekringelt oder wie das heißt. Leckt mich doch alle am Arsch. Ich mach ab sofort, was kommt und scheiß auf Zukunft und Vernunft und den ganzen Spießerkram. Ihr Handy klingelt und Kai Piekmann ist dran.

»Hi Christine! Du, tut mir so leid, dass ich abreisen musste. Mein Chef, der Vollpfosten, hat mich aufs Festland geschickt. Haste meine SMS gekriegt? Ja, oder? Shit, ich hatte mich so auf ein bisschen Freizeit mit dir gefreut. Na, hoffentlich gefällt's dir auch ohne mich auf Pellworm. Was machste denn so, wie geht's dir, und biste überhaupt noch auf der Insel?«
Sag es nicht, fleht ihr zweites Ich.
Christine zeigt ihm in Gedanken den Stinkefinger. Laut sagt sie ins Handy und bemüht sich, dabei sehr deutlich zu sprechen: »Kai, ich habe gestern nacht mit deinem Chef gevögelt. Ruf mich bitte nicht mehr an.« Und drückt auf »Beenden«. Das zweite Ich hat dem nichts hinzuzufügen. Wahrscheinlich hat es sich gerade in die Nordsee gestürzt und selbst ertränkt. Christine grinst. Das war's, mein liebes schlechtes Gewissen. Ab sofort sind wir geschiedene Leute. Du bist gefeuert. Und zwar fristlos.

Auf dem Mast der Straßenlaterne am Husumer Hafen sitzt eine fette Möwe und kackt unter sich. Der gräulich-weiße Klecks ploppt auf den Bürgersteig. Die Möwe schwankt im Wind hin und her, aber sie hält das Gleichgewicht und schaut Piekmann mit schräg gestelltem Köpfchen vollkommen desinteressiert an. Auch ein richtiger Kerl ist nicht so leicht aus dem Gleichgewicht zu bringen. Er hat die Lage stets im Griff. Tauchen Probleme auf, wird er sie lösen. Absolute Hilf- und Ratlosigkeit sind keine männlichen Attribute. Kai Piekmann hat sich immer für einen richtigen Kerl gehalten. Jetzt jedoch hängt sein Unterkiefer herunter, als hätte ihn jemand aus den Sehnen gerissen. Seine Augen, die das iPhone 5 in seiner Hand anstarren, sind groß und leer. Sein Gehirn ist Watte. Was war das gerade?
»Möchten Sie noch etwas bestellen?« Die dümmliche Bedienung vor dem Café am Hafen grinst ihn blöde an. Piekmann erwacht wie aus einem schlimmen Traum.

»Hä? Nein.« Achselzuckend dreht sie ab. »Zahlen«, will Piekmann ihr hinterher rufen, aber er kriegt keinen Ton raus. Oder er hat es doch gerufen, denn »gern«, lächelt sie falsch und knallt ihm den Bon hin, »das macht dann 1,70.«
Piekmann gibt zwei und röchelt »stimmt so.« Das danke erspart sie sich. Das Watt im Husumer Hafen glänzt ölig, der Katamaran und die Restaurantschiffe haben leichte Schlagseite, wie ein Scherenschnitt steht die Zugbrücke vor dem von Schäfchenwolken durchsetzten blauen Himmel und Piekmann versucht, wieder Ordnung in sein Leben zu bekommen, was so viel heißt wie: Krieg wieder die Oberhand und die Sache in den Griff. Konzentriere dich aufs Wesentliche und hake einen Punkt nach dem anderen ab. Gehe so vor, als wenn du einen Kurzschluss auf deiner Modellbahn hast. Oder so, wie du es auf der Polizeischule gelernt hast, bei der Tätersuche. Reiß dich zusammen. Und hör auf zu heulen. Dabei heult er gar nicht. Es ist ihm nur so, als wenn.
Frische Luft macht den Kopf klar. Er geht ein paar Schritte. Los, fang an. Analysiere die Situation. Erstens: Die Fakten. Ich hab Christine vor einigen Wochen zufällig in Flensburg kennen gelernt, berichtet er sich selbst, als wenn er ein Verdächtiger in einem Verhör wäre und seine Version glaubhaft zu Protokoll geben müsste. Sie lebt eigentlich in Hamburg, hatte aber ihre Eltern besucht und ich bin zufällig in sie hinein gerannt, als ich für einen Moment unaufmerksam war. Sie hat ihre Einkaufstüte fallen lassen und da ist einiges zerbrochen. Wir waren dann einen Kaffee trinken und zweimal zusammen essen. Sie war mir sehr sympathisch und ich ihr offensichtlich auch. Sex hatten wir nicht. Noch nicht. Ich habe sie nach Pellworm eingeladen, als ich dort wegen einer Mordermittlung hin musste. Ja, ich hatte mir ausgemalt, dass es dort zum Sex kommen würde, aber zumindest in der ersten Nacht hat sie mich abblitzen lassen.

Sie hat auf Pellworm dann offensichtlich meinen Chef, womöglich auch seine Frau und deren Mutter kennen gelernt. Die Frau von meinem Chef hatte es für eine gute Idee gehalten, ihn zu begleiten, und ihre Mutter ist sowieso mehr auf Pellworm als anderswo. Okay. Ich wurde dann abberufen, das heißt, mein Chef hat mich aufs Festland zurück geschickt. Oder, nee, um genau zu sein, es war meine Idee, weil ich den Computer des Mordopfers vor Ort nicht checken konnte und mein Equipment in Flensburg hatte. Die Ermittlungen haben dann ergeben, dass ich in Husum gebraucht werde, weil mein Chef plötzlich den Inselpfarrer als Verdächtigen ausgemacht hatte und ich bin zurück gefahren, um den Mann zu observieren. Die Spur hat sich allerdings in Luft aufgelöst. Zwischendurch hatte ich Leerlauf und habe Christine angerufen. Die hat mir am Telefon eröffnet, dass sie mit meinem Chef geschlafen hat. Das sind die Fakten. Also – ist doch im Grunde überhaupt nichts passiert! Ich hatte ja nix mit der! Ich hätte vielleicht gern, aber das gehört nicht zu den Fakten. Eine junge Frau ist nach Pellworm gekommen und hat dort mit einem verheirateten Mann was angefangen, das ist die ganze Story. Wo jetzt genau seine Frau war, als es passierte, das werde ich wohl nie erfahren, es sei denn, Dopfner erzählt es mir, aber was geht mich das eigentlich an? Ich hatte ja nix mit der. Und plötzlich muss Piekmann einen aufkommenden Lachanfall unterdrücken. Vergeblich. Er lacht und lacht. Gerade stehen kann er nicht mehr, die Lachkrämpfe erzeugen Magengrimmen. Er krümmt sich und schreit vor Lachen. Er rettet sich auf eine Bank und gröhlt und japst nach Luft: Hat jemand schon mal eine so unglaubliche Geschichte gehört? Die Passanten nehmen ihn kaum wahr. Menschen, die sich auf der Straße ungewöhnlich benehmen, sind auch in Husum keine Seltenheit. Sie lamentieren und diskutieren, sie schimpfen, weinen oder lachen, obwohl niemand in der Nähe zu sein scheint, der dafür als Auslöser oder Adressat in Frage käme. Das liegt an den Handys, deren Stöpsel jeder Zweite im Ohr hat. Wie Zombies laufen sie durch die Einkaufsstraßen, wedeln mit den Händen, schlagen mit der Faust in die hohle Hand, zeigen einen Vogel, wischen sich Tränen aus den Augen und schreien dabei jemanden an, den niemand außer ihnen sieht. Ganz neu ist jetzt ein Handschuh mit Mikro im Zeigefinger und Kopfhörer im Daumen und Bluetooth zum Handy in der Tasche. Der innovative Versandhandel »Discovery« bietet so ein geiles Teil gerade an. Du hältst den Daumen ans Ohr und den Zeigefinger an die Lippen, machst also die typische »Hey, wir fonen«-Geste und telefonierst, obwohl du weder einen Stöpsel im Ohr noch ein Handy in der Hand hältst. Du telefonierst mit deinem Handschuh, wie irre. Aber weil inzwischen alles möglich ist und ein scheinbar Irrer, der mit einem Unsichtbaren streitet, längst zur Normalität gehört, könnte auch niemand einen tatsächlich Irren, der halluziniert, von einem fortschrittlichen Handynutzer unterscheiden.

Piekmann, nachdem er sich von seinem Lach-Flash erholt hat und nach Luft schnappend auf der Parkbank sitzen bleibt, erkennt hier eine völlig neue, noch von keinem Soziologen untersuchte, möglicherweise höchst prekäre und gefährliche Situation. Du kannst dich heute wie ein irrer Amokläufer aufführen, schreien, heulen, fluchen, weinen, lachen, und kein Mensch hält das für ungewöhnlich! Früher hätten die Leute die 110 angerufen: Hier rennt ein Irrer rum, der spricht mit Unsichtbaren. Heute schauen sie weg: Na und, der telefoniert. Wer erkennt eigentlich noch Irre auf der Straße? Konkreter: Wie viele Irre auf der Straße werden seit der Erfindung des Handys und der immer verrückteren Zusatzgeräte nicht mehr als Irre identifiziert, sondern gehen als normal durch, bis sie echten Schaden anrichten? Piekmann erinnert sich an

eine Diskussion, die er mal mit sich selber führte oder mit Dopfner führen musste, den Anlass weiß er nicht mehr, aber es ging um die Frage, ob das Internet und seine Auswirkungen die Menschen schlauer oder dümmer machen, und wenn er die Debatte heute führen müsste, dann würde er sie erweitern wollen um diesen Sicherheitsfaktor, den die Wissenschaft bisher noch nicht entdeckt hat: Immer weniger Irre werden seit der Erfindung der drahtlosen Telefonie als irre enttarnt, bevor sie andere verletzen oder töten können. Ein hochinteressantes Thema für eine Doktorarbeit, findet er. Komisch: Sauer auf seinen Chef ist er in diesem Moment überhaupt nicht. Das liegt an einer typisch männlichen Eigenschaft: Der Besitzanspruch eines Mannes auf eine Frau mit allen verhängnisvollen Folgen beginnt erst in dem Moment, in dem er mit der Frau Sex hatte. Da Piekmann mit Christine noch keinen Sex hatte, kann er sich getrost und ohne Gesichtsverlust aus der Nummer herausziehen. So ticken Männer. Hätte Christine bereits mit ihm geschlafen, wäre Dopfner für ihn ein Wegnehmer gewesen, ein Verräter, ein hinterhältiger Schuft, den es zu vernichten gälte. Früher mit der Keule, dann mit dem Speer, später dann mit der Knarre, heute in unserer weichgespülten Zeit, in der es kaum noch richtige Männer gibt, wohl eher mit wortloser Wut, Hass und Verzweiflung ohne direkte körperliche Konsequenzen, zumal es sich hier ja um seinen eigenen Chef gehandelt hätte.
So jedoch, wo Piekmann noch keinen Sex mit Christine hatte, ist das Rennen offen und bei dieser schönen jungen Frau hat eben der Herr Hauptkommissar als Erster zugeschlagen. So what? Was ist passiert? So toll fand ich die ja nun wirklich nicht. Soll sie doch ficken, wen sie will. Aber was die wohl an Dopfner findet? Außer, dass er zwei Gehaltsstufen über mir steht, ist an dem doch nichts dran. Oder hat er was, das ich nicht habe? Keine Ahnung, nicht mein Problem. Alles Schlampen

außer Mutti. Aber… Die Sache hat ja noch eine weitere, extrem interessante Komponente. Piekmann grinst schon wieder in sich hinein. Dopfners Alte, also die Marianne. Wird sie das je erfahren? Wenn ja, kriegt Dopfner ein richtiges Problem. Wenn nein, weiß ich was, das Marianne besser nicht wissen sollte. Soll Dopfner mich noch mal zur Sau machen, na, besser nicht! Und er wird wissen, dass ich es weiß. Wenn nicht, wird mir schon die eine oder andere verräterische Formulierung einfallen. Piekmann stellt soeben fest, dass die aktuelle Entwicklung der Situation für ihn eigentlich nur Vorteile bringt, abgesehen davon, dass er auf einen netten Fick verzichten muss. Ganz grob überschlägt er im Kopf, was ihn die Kleine bisher gekostet hat, Kaffee trinken, zweimal essen gehen für je 60 Euro, Fähre nach Pellworm, zwei Nächte Hotel im voraus bezahlt, na, wenn sie eine dritte dran hängt mit ihrem neuen Stecher, dann bezahlt sie das bitte selbst oder Dopfner übernimmt, ein paar Nebenkosten, also bummelig mit 300-400 Euro bist du dabei, Alter, ist auch Geld, aber letztlich hat sich das doch gelohnt, denn, er muss schon wieder tierisch lachen, so eine irre Story, die erzählst du noch deinen Enkeln. Was genau hat sie vorhin gesagt? »Ich hab letzte Nacht deinen Chef gevögelt«, oder so ähnlich. »Und ruf mich nie wieder an.« Okay, Baby, viel Glück. Kannst du genau so haben. Wir hatten ja noch nix zusammen.

Auf Pellworm haben sich Dopfner und Christine, nachdem er seine Ermittlungsarbeit für diesen Tag beendet hat, nach einigen hin- und herfliegenden SMS zu einem Spaziergang an der Alten Kirche getroffen. Er hat seinen Arm um ihre Schultern gelegt und fühlt sich nach langer Zeit wieder einmal als richtiger Mann. Sie legt ihre linke Hand um seine Hüfte und fühlt sich beschützt, denn die vielen dumpf blökenden Schafe, die missmutig herüber starren und ihre Lämmer behüten möchten, scheinen ihr nicht vertrauenerweckend zu sein. E klassische Situation, die Ehen vernichten kann. Ob es beiden eine Zukunft gibt, ob sie besser die Finger voneinander lassen sollten, wer was riskiert, wer sein Leben vielleicht in die Grütze reitet für ein paar wilde Liebesnächte: Alles kein Thema. Dopfner riecht Christines Haar und findet, das es auch heute wieder gut riecht. »War vorhin bei der Vogelkoje, hab mir das mal angeschaut«, sagt sie und schaut ihn fragend an. »Die ist im Ütermarkerkoog. Die ganze Insel ist in Kooge aufgeteilt. Weißt du, was ein Koog ist?«

»Kommt aus dem Holländischen. Das Wort heißt «Dem Wasser abgetrotztes Land», oder so ähnlich. Ein Koog ist Land, das man eingedeicht oder entwässert oder beides hat, also früher war es Meer und jetzt ist es Land. Sehr fruchtbar, gut fürs Vieh, aber eben auch gefährdet, weil die See sich alles zurück holen will. Der Koog kommt in vielen Ortsnamen vor, zum Beispiel in Cuxhaven, das heißt eigentlich Koogs-Hafen, also ein Hafen im gewonnenen Land. Friedrichskoog ebenso.«

»Was du alles weißt!« Ein schmachtender Blick von unten nach oben, ein Küsschen. Mann, was hat Dopfner diese weibliche Bewunderung all die Jahre vermisst. Vor seinem geistigen Auge erscheint eine Phase, als Marianne ihn so bewundert hat. Das war schön. Das ist so lange her. Warum verlieben sich Frauen in Männer, die echte Kerle sind und versuchen dann, aus ihnen zahme Haustierchen zu machen? Wenn sie es geschafft haben, machen sie die Männer lächerlich und schwärmen von anderen, die sie für richtige Kerle halten. Kriegt Marianne nicht ständig diesen tränenfeuchten Blick, wenn sie einen Sylvester Stallone-Film guckt? Und mich macht sie fertig, weil mir im Schlaf manchmal Rotze aus der Nase läuft. Marianne, nicht ich habe diese Ehe beendet. Du hast sie schon längst beendet. Weil du einen Narren aus mir machtest. Weil du mich nicht mehr als

Chef der Beziehung akzeptierst, so wie es früher war. Ich will dich nicht mehr. Ich will Christine.
Und ganz tief unten, im Unbewussten, im unerforschten und unbekannten zweiten Ich sagt eine Stimme:
Ja. Bis Christine genau so ist. Denn auch sie ist nur eine Frau.

Piekmann hat nun wieder den Kopf frei für seine Ermittlungen, und zunächst gilt es, dem Sohn des erschossenen Wattführers die Habseligkeiten seines Vaters auszuhändigen. Aber Sven ist nicht zuhause. »Sie können gern in seinem Zimmer warten«, sagt sein Kumpel und zeigt Piekmann die ziemlich unaufgeräumte Wohnhöhle, die schon lange keinen Staubsauger mehr gesehen hat. Piekmann flezt sich auf die speckige Sperrmüll-Couch, schnappt sich eine Illustrierte für Computer-Ballerspiele und fängt gelangweilt an zu blättern, aber als er die Illustrierte wieder weglegt, fällt ihm das kleine Heft auf, das darunter gelegen hatte. So ein Oktavheft im DIN A 5-Format, wo man was reinschreiben kann. Er zögert, greift danach, schlägt es auf, wirft einen Blick zur Tür, schaut wieder ins Heft und fängt an zu lesen. Nach den ersten drei Seiten klingelt sein Handy. »Chef mobil«, steht auf dem Display. Piekmann drückt ihn weg. Erstens wegen Christine. Zweitens will er erst zu Ende lesen. Das hier geht vor.
Dopfner flucht. Wieso geht der Scheiß-Piekmann nicht ran?, denkt er. Was ist denn nun mit dem Pfarrer? Mann, kannst dich auf keinen mehr verlassen. Sitzt hier auf der Insel und kommst nicht weiter. Kommst nicht mal mehr weg. Naja, wenigstens Christine ist da. Dann fällt ihm ein, dass der Satz mit »kannst dich auf keinen mehr verlassen« wohl nicht unbedingt der angebrachteste war.
In der Husumer WG sitzt sein Assistent Piekmann dem Jungen gegenüber, der Svantje Heinsen erwürgt hat. Sein Tonband

zeichnet auf. »Du hast also im Internet Kontakt zur Geliebten deines Vaters aufgenommen und dich als jemand anders ausgegeben, ist das korrekt?'«
»Ja.«
»Du hattest mit ihr Cyber-Sex?«
»Ja, Mann. Diese Schlampe. Die hat's doch mit jedem gemacht.«
»Erzähl, warum du beschlossen hast, dass du sie umbringst.«
»Mann! Meine Mama ist gerade mal sechs Monate tot und mein Papa fängt was mit einer anderen an, und dann noch mit so einer!«
»Und dann...«
»Hab ich sie auf den Parkplatz bestellt und bin mit der letzten Fähre rüber, sie war dann ja auch da und dann hab ich sie zur Rede gestellt, warum sie meinen Vater nicht in Ruhe lässt. Die war... Total durchgeknallt, voll breit und hat nur so rumgelabert. Da bin ich ausgetickt...«
»Und den Tampen vom Kutter, den hattest du schon vorher eingesteckt.«
»Ja, Mann. Hatte ich eben so dabei.«
»Also du bist schon auf den Parkplatz, um Svantje Heinsen zu töten, oder ist dir erst da die Idee gekommen.«
»Nein, ich hatte den eben so dabei, weil ich dachte, kann ja nicht schaden, vielleicht steht sie auf Fesselspiele oder so.«
»Aber hier steht«, Piekmann blättert in dem Heft, »ich werde diese Schlampe mit einem Tampen würgen und sie dadurch bestrafen, dass sie meinen Vater verführt hat.«
»Ja Mann, war dann wohl so.«
Eine Funkstreife holt Sven ab und wird ihn die Nacht über in einer der wenigen Husumer Arrestzellen unterbringen, bis die Ermittler ihn mit nach Flensburg nehmen. Jugendstrafrecht sowieso. Affekt vielleicht. Schwere Kindheit. Lange sitzt der nicht ein. Piekmann schaut ihm hinterher: Wäre schade um

den Jungen, wenn er im Knast auf die schiefe Bahn käme. Er ist nicht blöd, und leicht hat er es wirklich nicht gehabt. Keine Entschuldigung, nur ein Erklärungsversuch. Und die leise Hoffnung, dass ein missratener junger Mensch, der den schwersten Fehler seines Lebens begangen hat, vielleicht noch eine zweite Chance bekommt. Alle sind schließlich tot, an denen er hing. Aber stimmt das: Alle? Wirklich alle?

Piekmann schaut auf sein Handy, das Handy scheint ihn anzuschauen. Jede App ein Auge. Pro Seite des Bildschirms sind es fünf mal vier, also 20 Augen, dazu noch vier Augen in der unteren Leiste: Das Telefon, der Briefumschlag für Mails, der Kompass von Safari und die Noten für Piekmanns Musik. 24 Augen schauen ihn an und sagen: Piekmann, du musst jetzt mit deinem Chef telefonieren. Oder willst du den Polizeidienst quittieren, weil er mit einer Frau geschlafen hat, die du gern gehabt hättest?

»Dopfner.« Kein »Mann, Piekmann, wo stecken Sie denn?«, wie sonst üblich. Nur »Dopfner«.

»Chef, wir müssen reden.«

Stille. Dann: »Ja, das denke ich auch. Ist mir sehr unangenehm, Mann, aber eben passiert. Wir müssen sehen, wie wir damit umgehen.«

»Nein, Chef. Ich mein was anderes. Ich hab den Täter. Sven war's, der Sohn vom Wattführer. Hab das Geständnis, alles auf Band und abgetippt und unterschrieben, der Junge ist in Gewahrsam und Sie können dort abbrechen. Es sei denn, Sie möchten noch ein paar Tage mit…, äh, also ein paar Tage dran hängen? Ach, eins noch, Chef: Christine hat mich heute angerufen. Ist kein Thema für mich. Wissen Sie: Frauen kommen, Frauen gehen, aber der Job, der bleibt uns doch. Lassen Sie das einfach kein Thema für uns sein, also keine Riesendiskussion und so. Wäre mein Vorschlag. Nur eines noch, herzlichen Glückwunsch, das ist wirklich ne Super-Schnalle. Und der Rest, also Ihre persön-

liche Situation, wenn Sie verstehen, was ich meine, das ist Ihr Problem und geht mich nichts an. Wann kommen Sie rüber?«
Ein dumpfes Grollen am anderen Ende könnte von dem Stein stammen, der Dopfner vom Herzen fällt, aber er sagt: »O, Donner. Hier zieht was auf. Glückwunsch, Piekmann. Gut gemacht. Wie und warum, erklären Sie mir dann morgen. Wir treffen uns gegen 11 in Husum auf dem Revier, dann möchte ich gern noch kurz zum Pfarrer und dieser Marion Dorn, danach sacken wir den Jungen ein und ab geht's. See you tomorrow, Piekmann.«
»See you tomorrow?« Das hat Dopfner noch nie gesagt, aber es gehört zu Christines typischen Sprüchen, halt die SMS- und FB-Generation. »cut« simst sie, und das heißt dasselbe auf dem Handy. C=See, U=You, T=Tomorrow. »cus« heißt »See you soon«, »asap« »as soon as possible« und wahrscheinlich lernt der alte Sack jetzt gerade diese ganzen Abkürzungen und verjüngt sich von Monat zu Monat!
Piekmann grinst. Naja, für die Laune von Dopfner kann das alles nur gut sein, gute Laune bedeutet angenehmeres Arbeiten, und außerdem steht Dopfner jetzt in seiner Schuld, weil er sich, was Christine angeht, so generös gezeigt hat, also einem verdienten Mitarbeiter, dem man gerade hinterhältig das Mädel ausgespannt hat, macht man doch nicht die Hölle heiß, oder?
Piekmann reibt sich die Hände, freut sich auf eine entspannte Zeit mit seinem Chef und geht erst einmal ein Bierchen trinken. Guter Spruch: »Frauen kommen, Frauen gehen, aber der Job, der bleibt uns doch.« Daraus sollte man einen Song schreiben. »Sag mir, Freund, was willst du noch? Frauen kommen, Frauen gehen. Aber der Job, der bleibt dir doch.«
Piekmann gefällt das. Nach vier Bierchen kritzelt er auf einen Zettel, den ihm die Bedienung hingelegt hat, weitere Texte und bestellt sich einen Kümmel dazu, der aber zu warm ist und des-

halb direkt in die Birne steigt. »Du bist einsam, du bist traurig, depressiv bist sowieso. Alter Mann, vergiss die Frauen und freue dich auf dein Büro.« Wie geil! »Noch mal so'n Gedeck, bitte. Ja, `n Bierchen und einen Kümmel, aber stellen Sie den mal ins Gefrierfach, der ist pisswarm, danke.« »Haste Ärger mit der Alten, musst dein Leben neu gestalten, ist das Schicksal allzu grob, haste immer noch den Job.« Fuck you Piekmann, das ist gut! »Schicksalsschläge wiegen schwer, am Ende bleibt dir gar nichts mehr, bist geschieden und fast tot, nur in der Firma alles im Lot.« »Privat ein Loser, als Fachmann top, was ist dir wichtig? Das ist der Job.«

Das müsste ein alter erfahrener Trinker singen, einer wie Gunter Gabriel vielleicht mit seiner rauchigen Stimme. Leider kennt Piekmann Gunter Gabriel nicht und weiß auch nicht, wie er an den heran kommen könnte. Hat der nicht ein Hausboot in Hamburg oder inzwischen in Berlin? Es müsste ein Song sein, der traurigen Männern klar macht, dass sie in der Firma immer noch gut sind, auch wenn das Schicksal mit ihnen Fußball spielt. So wie mit dir, Piekmann. »Geben Sie mir noch so`n Gedeck. Wie jetzt, last order? Ich trinke, so lange ich will. Sonst habt ihr morgen die Scheiß-Gesundheitsaufsicht auf dem Hals, weil ihr den Kümmel nicht kalt kriegt.« Er knallt seinen Polizeiausweis auf den Tresen. *Brems dich aus, Piekmann. Du hast genug.* Aber seit wann kann man das schlechte Gewissen HÖREN? Piekmann fährt herum. Das war keine innere Stimme. Hinter ihm steht jemand. Legt ihm die Hand auf die Schulter. Lächelt sanft zwischen zwei Zöpfen. Eine Fata Morgana.

»Nee, ich hab Rücken«, sagt der Taxifahrer. »Bin nur froh, dass der Kerl mir das Auto nicht vollgekotzt hat.«

Christine drückt ihm einen Zehner in die Hand. »Kommen Sie, starker Mann. Alleine krieg ich den nie ins Hotel und die Treppe hoch.«

»Na gut, aber wenn er oben ist, noch mal`n Zehner, ok?«
»Das ist Wucher, aber geht klar.«
»Na komm, mein Freund. Leg mal dein` Arm um meine Schulter, und gleich liegen wir inne Heia. Sooo ist's gut. Nee, nicht hier auf den Teppich, behalt mal schön bei dir, oben kannste dann. Soll ich ihn aufs Klo oder aufs Bett…?«
»Lieber aufs Bett, vom Klo krieg ich den nie wieder runter, ich hol mir eben einen Eimer vom Nachtportier. Bleibst so lange bei ihm?«
»Klar, krieg ja noch `n Zehner. Hey, Alter, nicht ins Bett kotzen. Deine Tusse komme gleich mit Eimer, ok? Guck mal, geht doch. Tja, schöne Frau, danke für den Zehner, und wenn Sie mal einen nüchternen Kerl möchten, einfach die Zentrale anrufen und nach Jan fragen, ok?«
»Ja, mach ich garantiert, und tschüs.«
»Wo kommst du denn her?«, murmelt Piekmann.
»Hab die letzte Fähre genommen und in Husum gibt es nicht so wahnsinnig viele Kneipen, die noch offen haben. Dass ich dich durchs Fenster gesehen hab, war eher Zufall. Und jetzt schlaf. Wenn du kotzen musst, hier stell ich den Eimer hin. Hier. Schau. Hier.«
»Ja, iss ja gut, da Eimer.«
Christine weckt den Nachtportier. »Haben Sie noch ein Zimmer? Der schnarcht so heftig, da krieg ich kein Auge zu. Aber schreiben Sie`s bei dem auf die Rechnung. Plus Frühstück, bitte.«

Auf dem Sonnendeck der ersten Fähre am nächsten Morgen lässt sich Dopfner den kühlen Wind um die Nase wehen. Blutrot steht die Sonne im Osten knapp über dem Horizont. Markant hebt sich die Kulisse des Pellwormer Leuchtturms gegen den Morgenhimmel ab. Mit weißer Heckwelle, über der sich die Möwen tummeln, kreuzt ein Pellwormer Krabbenkutter den Weg der Fähre. Der Kutter lässt sich Zeit. Zu beiden Seiten sind die kranähnlichen Haltegeräte der Netze ausgefahren. Da unten auf dem Meeresgrund rutschen sie über Jahrhunderte alte Spuren einer längst vergangenen Zeit. Über die Reste von Brunnen und Schleusen aus dem versunkenen Rungholt, über Tonscherben und verrottete Balken aus den einst so prachtvollen Häusern der ehemals so reichen Hafenstadt. Über Knochen von Tausenden Toten vielleicht. Oder ist Rungholt nur eine Legende? Hat es diese Stadt vielleicht niemals gegeben?

Der Sage zufolge gab es damals in Rungholt einen gottesfürchtigen Pfarrer und viele gottlose, versoffene Bauern. Die beschlossen eines Abends, ihren Pfarrer so richtig vorzuführen. Sie schickten einen Jungen zu ihm, um einem Sterbenden die letzte Ölung zu geben. In Wahrheit hatten sie aber ein Schwein betrunken gemacht und in ein Bett gelegt. Der Pfarrer kam, wollte dem vermeintlich Sterbenden den Segen erteilen und sah das betrunkene Schwein im Bett. Die Bauern lachten sich tot. Als sich der Pfarrer weigerte, das Schwein zu segnen, drohten sie ihm Prügel an und flößten ihm gewaltsam Alkohol ein. Dann jagten sie ihn aus dem Haus. Der Pfarrer ging nach Hause und betete zu Gott: »Lass diese Sünder büßen!« Dann ging er schlafen.

Ein wunderschönes Märchen, denkt Dopfner. Es hat alle Elemente, die man für großes Theater braucht: Einen Guten, dem Schlimmes widerfährt und viele Böse, die am Ende bestraft werden. Dazu der erhobene Zeigefinger: Benehmt euch ja anständig, sonst geht es euch wie den Bösen! Denn die Geschichte geht ja weiter.

In der Nacht erschien dem Pfarrer ein Engel und befahl: Steh sofort auf, nimm deine Familie und fahr aufs Festland. Der Herr wird die Menschen von Rungholt bestrafen. Der Pfarrer stand auf, packte seine Sachen, weckte seine Familie und zog von dannen. Noch in der gleichen Nacht braute sich ein Unwetter zusammen. Riesige Wellen türmten sich auf. Rungholt und seine sündigen Bürger versanken in den Fluten. Und noch heute soll man, wenn man genau hin hört, die Glocken der versunkenen Kirche von Rungholt hören können, wenn die Fähre die einst so prächtige Stadt passiert. Dopfner lauscht in die Morgenluft hinein. Hört er die Glocken? »Bruder Dopfner, Bruder Dopfner, schläfst du noch? Schläfst du noch? Hörst du nicht die Glocken…?«, summt er vor sich hin. Nein, leider nicht. Dazu braucht man wohl mehr Fantasie, als ein Ermittler haben sollte.

Seine Gedanken schweifen ab. Dieser Kanon wiederum, der sich an »Bruder Jakob« richtet, stammt vom »Jakobsweg«, einem der vielen Pilgerpfade, die sich durch ganz Europa ziehen. Der bekannteste geht von Frankreich über die Pyrenäen bis nach Spanien hinein. Es ist Dopfners Lebenstraum, ihn einmal zu gehen. Nicht als »Hobbit«, wie man die Freizeit-Pilger nennt, die nur wenige Stationen schaffen und den Rest mit Bussen und Bahnen zurück legen, nein, die ganze Strecke über die uralten Königsstädte Jaca, Pamplona, Estella, Burgos und León bis Santiago de Compostela. Den ganzen »Camino Francés«. Im Mittelalter mussten die Pilgermönche mit dem ersten Läuten der Glocken aus den Federn und sich wenig später zum Pilgern einfinden, nur ein gewisser Jakob soll ständig verschlafen haben, worauf hin die anderen den Kanon sangen: »Bruder Jakob…«

Jetzt fällt ihm ein, dass auch die Wirtin in jenem kleinen Café auf der Pellwormer Warft mit anderen Gästen über den Jakobsweg gesprochen hatte. Und dass sie fest vor hatte, ihn im nächsten Frühling kurz vor Ostern selber zu gehen. Sie hatte sogar einen Wanderführer aus ihrer Wohnung geholt und die Gäste darin blättern lassen. Dopfner hatte sich noch den Namen des Buches aufschreiben wollen, war dazu aber nicht mehr gekommen. Du kannst sie ja fragen, ob ihr zusammen laufen wollt, grinst er still in sich hinein. Aber dann verwirft er die Idee wieder. Den Jakobsweg geht man am besten allein, denn man soll sich selbst dabei entdecken und mit sich ins Reine kommen. Genau, so wie Harpe Kerkeling das in seinem Buch geschrieben hat. Ich bin dann auch »mal weg«, freut sich Dopfner und bedauert nur, dass er Rungholts Glocken nicht gehört hat. Vielleicht, wenn er vom Jakobsweg kommt und noch einmal nach Pellworm fährt? Vielleicht hört man die Glocken nur, wenn man mit sich vollkommen im Reinen ist? Wer weiß, wer weiß.

Einige Stunden später sitzen Dopfner und Piekmann auf dem Sofa in dem kleinen Haus dicht am Husumer Hafen, wo die Spedition die Sachen des Pfarrers ausgeladen hat. Ihnen gegenüber sitzt die ehemalige Pellwormer Lehrerin Marion und der Ex-Inselpfarrer. Es gibt Tee mit Kluntjes.

»Tja, wir lieben uns schon drei Jahre und anfangs dachten wir, dass es geheim bleibt«, sagt der Pfarrer. »Aber dann kamen die ersten Gerüchte auf und Marion hat sich nach Husum versetzen lassen. Aber funktioniert hat das auch nicht richtig. Und jetzt ist sie schwanger. Irgendwie hat sich das rumgesprochen, viele Pellwormer haben hier Verwandte, und die Arzthelferin von ihrem Frauenarzt stammt auch von Pellworm. Das hätte nicht lange gedauert, und es wäre rum gewesen. Ich konnte nicht mehr bleiben. Aber hier fangen wir ganz neu an, ich krieg einen Job als Sozialarbeiter. Priester, das ist vorbei für mich. Wir fangen hier ganz neu an. Aber dass Sie mich in Verdacht hatten… Irre. Warum sollte ich die Frau Heinsen umbringen, das macht doch keinen Sinn!«

»Und dass der Sven sie getötet hat«, sagt die Lehrerin, »kaum vorstellbar. Ich hatte ihn ja als Schüler, bis er nach Husum gegangen ist. War ein schwieriger Typ, und dann der Tod seiner Mutter… Aber ein Schlechter ist er mit Sicherheit nicht. Ganz wach im Kopf, und schon als Kind sehr sensibel. Schrecklich, das alles.«

»Warum wir hier sind«, sagt Dopfner vorsichtig, »hat noch einen anderen Grund. Der Junge hat jetzt gar niemanden mehr. Seine Mutter hat sich umgebracht, der Vater ist getötet worden. Ich, also wir wollten Sie fragen, ob Sie sich nicht um den Jungen kümmern könnten. Also nur so ein bisschen, meine ich. Er kommt jetzt in U-Haft und nach meiner Einschätzung kriegt er vielleicht vier Jahre Jugendstrafe oder so. Aber irgendwann kommt er raus, und er hätte dann gar niemanden.«

Marion schaut ihm direkt in die Augen. »Ja«, sagt sie. »Wir werden unser Möglichstes tun.«

Dopfner ist noch nicht fertig. »Frau Dorn, wir haben ziemlich intensiv auf Pellworm ermittelt. Und Sie können sich vorstellen, dass wir auch eine Menge Gerüchte gehört haben. Wenn Sie mir noch etwas sagen möchten, was Sven angeht… Das könnte Ihren Kontakt zu dem Jungen natürlich erleichtern…«

Die Frau schüttelt den Kopf. »Ich möchte darüber erst mit meinem Verlobten sprechen. Ich schicke Ihnen dann eine Mail, wenn das für Sie okay ist.«

»Betreff: Sven. Sehr geehrter Herr Dopfner, ich habe inzwischen mit Alfred Raxler, meinem Verlobten, gesprochen und ihm alles erzählt. Er hat es akzeptiert und wir sind uns einig, wie wir jetzt weiter verfahren werden. Tatsache ist, dass ich als junges Mädchen schwanger wurde und mein Kind nach der Geburt weggeben musste, und zwar auf Grund von erheblichem Druck seitens meiner Familie. Das Kind ist dann bei der Familie Andersen aufgewachsen. Es war ein Geheimnis, das nie gelüftet wurde. Aber jetzt, wo sowohl Andersen als auch seine Frau verstorben sind und Sven keinen mehr hat, möchten wir mit einer Selbstanzeige den Behörden mitteilen, dass ich die leibliche Mutter von Sven bin und ich möchte es ihm selber sagen. Dass Herr Raxler und ich uns um Sven kümmern werden, sofern er das wünscht, ist ja wohl keine Frage. Mit freundlichem Gruß, Marion Dorn.«

Zwölf Jahre später, Dopfner ist längst ins Kieler Innenministerium aufgestiegen, ist sein ehemaliger Assistent Piekmann, inzwischen Leiter der Mordkommission, als Zeuge vors Landgericht Flensburg geladen. Ein ungefähr 30jähriger Justizangestellter, der den Angeklagten vorführt, kommt ihm seltsam bekannt vor, aber er weiß nicht, woher. Piekmann wühlt in seinem Gedächtnis, aber es fällt ihm nicht ein.
Nach dem Prozess spricht der Uniformierte ihn an. »Herr Piekmann, wir kennen uns… Ich bin der Sohn von Marion Dorn, der früheren Lehrerin auf Pellworm… Mein Vater war damals auf dem Tiefwasseranleger getötet worden, und der Täter war mit dem Auto in die See gerast. Vielleicht sagt Ihnen das noch etwas. Sie…«, er schaut sich um, ob keiner mithört, »Sie hatten mich damals verhaftet wegen des Todes von Svantje Heinsen.«
Piekmanns Augen werden größer und größer. »Sven…?«
»Ja. Aber lassen wir die vergangenen Zeiten ruhen, Herr Piekmann. Ich bin am Wochenende auf Pellworm, bei meiner Mutter, also der Marion. Kommen Sie doch auch mal auf einen Tagestrip vorbei. Ich kenne da ein ganz besonderes Café, in das ich Sie gern einladen würde. Es liegt auf einer Warft an der Hooger Fähre.«
Piekmann nickt. Er weiß jetzt, wie schön Pellworm ist, zu jeder Jahreszeit, nicht nur im Sommer, wenn der Parkplatz von Tammensiel voll ist mit Autos, die fremde Kennzeichen haben Auch dann hat die Insel ihren Reiz, wenn die Stürme heulen,

die Gasthöfe geschlossen und die Deiche schaffrei sind und die Sonne so blutrot untergeht wie in jener Nacht, als die tote Fischersfrau hinter dem Edeka-Markt bei den regennassen Einkaufswagen lag. »Ich komme gern«, brummt er und überlegt schon, wie viele Urlaubs-Resttage er noch hat. Ja, Pellworm. Die neue, die große Liebe des Kommissars vom Festland, der Sylt kennt und Amrum und Föhr und der alle Schicki-Micki-Inseln vergessen wird für diese Oase des Friedens mitten im nordfriesischen Wattenmeer. Pellworm. Die Insel macht glücklich und süchtig, denkt er und wiederholt:

»Ja, Sven, ich komme gern nach Pellworm. ich bringe meine Frau mit, sie heißt Christine, und natürlich unsere drei kleinen Buben. Na, die werden das Warft-Café auseinander nehmen!«